rowohlt
PAPERBACK

Angelo Colagrossi

Herr Blunagalli hat kein Humor

Ein sprudelnder Italiener gefangen in Deutschland

Rowohlt Taschenbuch Verlag

Ich entschuldige mich schon jetzt,
falls sich jemand in einer der Figuren dieses Buches
wiedererkennen sollte; und ich möchte klarstellen,
dass – mit wenigen Ausnahmen –
Ähnlichkeiten mit Personen oder Situationen
rein zufällig sind.
A. C.

Originalausgabe

Veröffentlicht im Rowohlt Taschenbuch Verlag,
Reinbek bei Hamburg, Dezember 2009

Umschlaggestaltung ZERO Werbeagentur, München
(Foto: Sebastian Hänel)
Satz Apollo und Courier PostScript, InDesign
Gesamtherstellung CPI – Clausen & Bosse, Leck
Printed in Germany
ISBN 978 3 499 62591 6

Der Deutschen Bahn gewidmet,
ohne die unser Leben sehr viel ereignisloser wäre.

Dies ist mein Tag.

Ein Sonntag, der auf einen Montag fällt. Er beginnt mit einem Telefonat. Endlich hat jemand gelesen, was ich geschrieben habe!
Ich lege auf und bin glücklich – genau wie damals in der Schule, wenn die Klassenarbeiten zurückgegeben wurden. Jeder Lehrer hatte dabei sein eigenes System – human, spannend oder extrem sadistisch.
Ich bin in Italien geboren und zur Schule gegangen. In Rom, Ende der sechziger Jahre, waren die Worte Schulreform und antiautoritäre Erziehung Fremdwörter. Alle Schüler trugen Uniform und wurden mit Gebrüll erzogen. Ich war blond wie ein Kornfeld im Juli und wurde als «Il Tedesco» verspottet – der Deutsche.
Kein Wunder, dass ich ungefähr 30 Jahre später in Deutschland landete.
Die besten Noten wurden immer zuerst verteilt, was meine Hoffnungen immer recht schnell sinken ließ – und mein

Blick, den ich aus dem Fenster auf das Kolosseum richtete, verdüsterte sich mit jeder weiteren Arbeit, die mich einer Fünf näher brachte …

Umso größer war dann die Erleichterung, wenn ich aufgerufen wurde und es doch gerade so zu einer halbwegs guten Note gereicht hatte. Dann spürte ich es, dieses Gefühl: Eine große Ruhe breitete sich aus. Die hielt aber nur bis zum nächsten Schultag. Dann ging das Elend von vorne los.

Heute bin ich Autor. Ich gebe keine Klassenarbeiten mehr ab, sondern reiche Ideen für Filme, Manuskripte und fertige Drehbücher ein und warte dann darauf, dass sie dem gefallen, dem ich sie gegeben habe. Und das dauert manchmal etwas länger.

In diesem besonderen Fall wartete ich geschlagene sechs Monate.

Nun hat sich Herr Endruweit, ein bekannter Hamburger Film- und Fernsehproduzent, aber endlich gemeldet. Genauer gesagt: Er lässt melden. Nur erfolglose Produzenten melden sich persönlich.

Die sehr freundliche Sekretärin des erfolgreichen Herrn Endruweit teilt mir mit quäkender Stimme mit, dass Herrn Endruweit das Drehbuch, das ich ihm geschickt habe – *Amore und so 'n Quatsch* –, in dem eine fränkische Krankenschwester Anfang 30 erst in Berlin viel Pech und dann in Italien das Glück findet, sehr gut gefällt. Und dass er sich freuen würde, mit mir darüber zu sprechen. In Hamburg.

Ich sehe förmlich das Gesicht der Sekretärin vor mir; sie

grinst ganz sicher, und in dem Moment, als ich mich bedanken möchte, legt sie auf. Leider hat mir ihre knarzende Stimme nicht verraten, wie gut genau das Drehbuch Herrn Endruweit gefallen hat.
Sagt sie Projekte auch mit dem gleichen routiniert-freundlichen Ton ab? Nein. Dann meldet man sich einfach nicht mehr. Schweigen ist Gold. Und eine Absage.

Ich habe, wie gesagt, sechs Monate gewartet. Deshalb bin ich erst einmal völlig euphorisch und wähle von den drei Terminen, die mir die Sekretärin anbietet, spontan den letzten aus – den in zwei Wochen –, um jene Ruhe auszukosten, wie sie sich früher auch nach der Rückgabe von Klassenarbeiten ausbreitete.
Und um die Vorfreude möglichst lange zu genießen.
In der Theorie ist das eine gute Idee; in der Praxis eher nicht, denn Autoren grübeln ja schon berufsbedingt. Bei mir geht es ungefähr neunzig Sekunden, nachdem ich aufgelegt habe, los.
Immer und immer wieder hallen die Worte der Sekretärin durch meinen Kopf. Und dann diese grelle Stimme!
«... hat ihm sehr gut gefallen ...» – das hat sie gesagt, ich bin ganz sicher!
Aber was heißt das genau?
«... hat ihm sehr gut gefallen ...», im Sinne von: Wir drehen ab nächster Woche? Oder eher: Da ist ja schon viel Schönes dran? Oder etwa so: Ich will Ihnen hier in Hamburg persönlich ins Gesicht schleudern, was Sie da für einen Schwachsinn abgeliefert haben?
Autoren in dieser schlimmen Lage muss man ablenken.

Mit Zoobesuchen oder weihnachtlichem Plätzchenbacken. Aber nicht mal mein sehr temperamentvoller Kater namens Sport vermag das im Moment.

Ich quäle mich durch die Hölle der nächsten zwei Stunden. Versuche dies und tue das. Bringe Worst- und Best-Case-Szenarien zu Papier. Diskutiere am Telefon mit Vertrauenspersonen und meinen Co-Autoren alle Möglichkeiten.
Kurz bevor ich in meiner Not nach der Fernbedienung greife, um eine der älteren Damen auf einem Astro-Kanal um Hilfe zu bitten, rufe ich die freundliche Sekretärin von Herrn Endruweit an und sage ihr, dass sich in meinem Kalender jetzt doch eine Lücke ergeben hat.
Ich nehme den allerersten Termin.
In 48 Stunden.

36 Stunden später

Heute ist mein Tag! Und jetzt ist es wirklich mein Tag! Das ist mir sofort klar, als ich durch einen Schrei von Kater Sport geweckt werde, der durch die geschlossene Tür dringt. Mit einem gewagten Sprung auf die Klinke öffnet er die Tür und miaut laut am Rande des Bettes.
Mein Kater weckt einen Sieger.
Er weiß das zwar nicht, aber ich bin davon überzeugt – oder besser gesagt, ich wage davon zu träumen.
Blöd nur, dass im selben Moment der Wecker losgeht. Um nicht das ganze Haus aufzuwecken, geht mein Arm mit Schwung in Richtung Schlummertaste, wobei ich die arme Mieze voll ins Gesicht treffe. Sport macht seinem Namen alle Ehre und landet schwungvoll und halbwegs elegant auf dem Boden. Sein empörter Schrei beeindruckt mich jedoch nur geringfügig, denn ab jetzt bin ich auf dem Weg nach Hamburg!

Das Frühstück gelingt mir noch ganz gut, aber als der Installateur wegen des kaputten Wasserhahns anruft, fehlen mir die Worte. Den Fehler kann ich noch ganz gut beschreiben, aber ob ich einen neuen Mittelflansch brauche, weiß ich nicht. Ich weiß nicht mal, was ein Mittelflansch ist.

Dazu kommt, dass der Mann nur Düsseldorfer Platt spricht.

Als ich ihn höflich frage: «Können Sie auch Hochdeutsch?», ist es ganz aus.

«Du brauchen Mittelflansch?» Der Handwerker behandelt mich wegen meines unüberhörbaren Akzents wie jemanden, der nur die internationale Ausländer-Babysprache versteht – in voller Lautstärke.

«Ich bin nicht taub! Ich bin Italiener!», brülle ich zurück.

«Watt schreien Sie denn so?»

Nun ist der Arme völlig verwirrt. Ich stammele eine Entschuldigung und lege auf.

Dabei lebe ich seit vielen, vielen Jahren in Deutschland. Aber Italiener bleibt man eben sein Leben lang – auch, ohne eine Pizzeria aufzumachen.

Trotzdem schreibe ich meine Drehbücher auf Deutsch – also … auf Neu-Deutsch, das kann ich richtig gut. Und ich schreibe es mit dem allergrößten Selbstbewusstsein, seit ich von Italien nach hierher gezogen bin. Alt-Deutsch ist erst später dazugekommen.

Als ich mein Notebook durchforste, das ich nach Hamburg mitnehmen will, stoße ich auf einen sehr frühen Drehbuchversuch aus dem Jahr 1993. Es handelt sich dabei ganz offensichtlich um einen meiner allerersten schriftlichen Kontakte mit der Sprache der Dichter und Lenker. In diesem Drehbuch geht es um einen Politiker und den Detektiv Jakob, der im Auftrag einer eifersüchtigen Frau ermittelt...

BILD 1.   Vor Haus Außen/Abend

Es ist Winter. Es schneidet. Jacob sitz im Auto und beobachtet ein Haus direkt gegenüber. Der Opa sitz sich vor Fernsehen an. Familien feiert Silvester. Rothaarige in Badenmantel und Bettina und Carsten streiten. Hinter Jacob, im Auto, sitz Frau Holzmann die Kundin. Sie ist nicht zu sehe.

BILD 2.   Im Auto Innen/Abend

Jacob im Auto mampf ein Berliner aus eine Tüte. Er blick starr auf den Fenster der Rothaariger.

Jacob: 23,58 alle ruhig. Objekt befindet sich nicht im Haus.

Aus den Ruckbank Frau Stimme.

Frau Holzmann: Doch!

Jacob: Nein ist es nichts! und außerdem mischen sie sich nicht dauernden in meinen Job.

Frau Holzmann: Schnauze! Ich zahle.

Da es ist ja wohl mein gute recht zu sehen wie sie arbeiten.

Jacob: Heute hätten wir mal eine pause machen können.

Frau Holzmann: Bringen Sie mir ein Foto wie mein Mann darauf komm da machen wir pause.

Jacob: Warum reden sie nicht mit ihr Mann!?

Sie kommt hoch.

Frau Holzmann: Ich rede nicht mit einem Betrüger!

Jacob: Runter!

Turmuhr schlagt 00:00 ein Feuerwerk geht's los.

Frau Holzmann: Frohes neues Jahr, Herr Jacob.

Ihr hand kommt von hinter hervor.

Jacob: Frohes neues Jahr, Frau Holzmann.

Die Tür geht auf.

Frau: (entsetz) Los gehen sie, holen sie mir das Fotos.

Jacob lässt alles fallen und rennt los. Feuerwerk gehen los, Opa mit Hund.

Jacob: Pssss, da kommt jemand.

36 Stunden und 10 Minuten später

Das Rechtschreibprogramm auf meinem Notebook schafft es leider nicht, alle Fehler, die ich zur Korrektur anbiete, in sauberes Deutsch zu verwandeln. Und so lese ich allzu oft die Meldung *Keine Rechtschreibvorschläge*. Das ist ausgesprochen frustrierend. Bei manchen Wörtern weiß ich bis heute nicht, wo ein Umlaut hingehört, geschweige denn, wie das Wort dann korrekt ausgesprochen wird.
Ein Satz wie «Das Buffet ist eröffnet» hört sich in meinen romanischen Ohren an wie der Titel eines türkischen Popsongs.
Ein Pole sagt: «Das Biffet ist ereffnet», was ich richtig lustig finde.
Ich sage: «Das Buffet ist eroffenet» – für mich fast perfektes Deutsch. Leider sind da nicht alle meiner Meinung.
Deshalb rufe ich meistens: «Essen ist fertisch!» Das versteht jeder.

Heute scheint das Essen allerdings nicht fertisch zu werden, weil ich viel zu aufgeregt bin und ein Kürbisrisotto kein Gericht ist, das man einfach so an einem Reisetag (oder sagt man Reistag?) zubereitet. Die empfindliche Masse, die man ständig rühren muss, brennt an – egal, das bringt mich nicht aus dem Tritt.

13:00 Uhr – Düsseldorf, auf dem Weg zum Hauptbahnhof

Ich bekomme heute zwar kein Mittagessen, aber dafür einen bleibenden Eindruck vom deutschen Winter. In diesem Land schneit es nicht oft, und wenn, dann bin ich auf dem Weg zum Hauptbahnhof. Erst wenn der Schnee geschmolzen ist, «sieht man die ganze Scheiße», sagte doch mal dieser deutsche Fußballmanager, dessen Name mir jetzt nicht einfällt. Er hatte recht. Der Schnee ist noch nicht geschmolzen, und deshalb bemerke ich den riesigen Hundehaufen nicht. Nichts ahnend trete ich mit der Fußspitze hinein, fluche parallel in meiner Muttersprache und auf Deutsch – in der Hoffnung, dass das Hundeherrchen mich hören kann: «Zozzone! Welcher Altehackfresse hat hier die Hund hinmachen lassen!»

Nur mit Mühe schaffe ich es, diesen Tag dennoch zu loben. Dies ist mein Tag, und den lasse ich mir von nichts und niemandem kaputt machen. Erst recht nicht durch getarnte Hundehaufen! Ich lobe auch schnell noch den Tag, an dem ich mich gegen Hunde und für Katzen entschieden habe. Katzen sind majestätisch, eigensinnig und vor allem sauber – Eigenschaften, die sie zu den bevorzugten Tieren ganzer ägyptischer Dynastien machten. Dass sie einen morgens rüde wecken, nehme ich da gern in Kauf.

Ich mache mir die Schuhe am verschneiten Bordstein sauber, was deutliche Spuren hinterlässt und jedem den Grund dieser Aktion erklärt. Eine alte Dame, die mich beobachtet, kommentiert das mit der Bemerkung: «Datt brengt Jäld.»
Wo soll was brennen?
Ich rate ihr, schnell die Feuerwehr zu rufen. Die Düsseldorferin meint aber, in einen Hundehaufen zu treten brächte Geld.
Ich weiß zwar nicht, wo da ein Zusammenhang besteht, aber es soll mir recht sein. Schließlich bin ich geschäftlich unterwegs.

13:29 Uhr –
Düsseldorf Hauptbahnhof

Am Hauptbahnhof angekommen, stelle ich mich brav in die Schlange vor dem Schalter. Drei Leute sind vor mir, dann bin ich dran. «Guten Tag, ein Fahrkarte hin und zuruck nach Hamburg, zweite Klasse, und eine Reservierung Platz, bitte», bringe ich in meinem besten Deutsch vor – fast ohne Fehler. Ich mache ein fröhliches Gesicht und lege das Geld auf den Tresen. Die sympathische und pummelige Bahnbeamtin mit der Föhnfrisur lächelt und sagt: «You have to buy your ticket at the automat.»

«Entschuldigung, ich kann mit diese Gerät, die Automat-Maschine, nichts anfangen, und außerdem geht meine Zug in zwanzig Minuten», antworte ich noch immer freundlich – auf Deutsch!

«Sorry, but I don't sell tickets to Hamburg, please go to the automat.»

Dann wendet sie sich dem Mann hinter mir zu.

«Nee, Moment. Ich habe Geld, habe nett gefragt, und ich will nach Hamburg! Und Sie verkaufen mein Fahrkarte jetzt sofort. Und wieso sprechen Sie Englisch mit mir?»

Ohne es zu merken, werde ich etwas lauter und ziemlich rot im Gesicht.
Ein Sicherheitsmann mit der Statur eines Gorillas nähert sich und bittet mich eindringlich, den Platz augenblicklich frei zu machen.
Ich denke nicht daran, bleibe stur stehen und verlange, sofort mit dem zuständigen Verantwortlichen zu sprechen.
«Der hat Besseres zu tun», sagt der Gorilla.
«Ich habe hier neulich auch ein Fahrkarte gekauft, wieso geht jetzt nicht?», frage ich wieder etwas lauter.
«Die Fahrkarte nach Hamburg kann man auch am Automat kaufen», lautet die Antwort.
Ich will das aber nicht. Schon aus Prinzip nicht.
«Dann zeigen Sie mir die Fahrkarte, die Sie hier gekauft haben», sagt die Beamtin endlich auf Deutsch und erhebt sich.
«Wo gehen Sie hin?», frage ich, als ich merke, dass sie abhauen will.
«Mit Ihnen spreche ich nicht mehr», sagt sie und ergreift die Flucht ins Hinterzimmer.
Die Leute hinter mir schimpfen und wechseln den Schalter.
Das gibt's doch nicht. Ich schaue mich um und sehe, dass mich alle anstarren und den Kopf schütteln, als hätte ich was Schlimmes gesagt.
Mir reicht's!
Ich renne raus, fahre per Taxi wieder nach Hause und suche hektisch in allen Schubladen die alte Fahrkarte, finde sie endlich in der Küche unter einem Stapel Prospekte.

Dann rase ich mit dem Taxi zurück zum Hauptbahnhof – ein teurer Spaß. Wieder stelle ich mich in der Schlange an, aber die Frau mit der komischen Frisur ist nicht mehr da. Als ich endlich dran bin, sage ich dem mageren Beamten, der jetzt an ihrem Platz sitzt, nochmal, was ich will. Ohne einen Kommentar bekomme ich plötzlich mein Ticket mitsamt Platzreservierung und die Bahn mein Geld. Was war das denn jetzt? Aber ich habe keine Zeit zum Nachdenken. Ich muss nach Hamburg, egal, was passiert. Atemlos renne ich zum Gleis, und in der letzten Sekunde, kurz bevor die Türen schließen, springe ich in den Zug. Was für ein Glück! Was wäre passiert, wenn ich den Zug verpasst hätte? Und dass nur, weil eine Beamtin ihren schlechten Tag hatte! Beinahe hätte sie das Schicksal meines Drehbuchs bestimmt.

Dem Jahrhundertschneegestöber entronnen, das das gesamte Rheinland unter sich begraben will, finde ich meinen Waggon zweiter Klasse. Einundzwanzig – mein reservierter Platz! Statt Großraum ein Abteil. Mit Fensterplatz. Zum Glück in Fahrtrichtung. Ich kann nicht fast vier Stunden lang vorwärts fahren und rückwärts sitzen – das fühlt sich so an, als überquerte man mit geschlossenen Augen eine dichtbefahrene Straße und nähme gleichzeitig einen kräftigen Schluck Olio extra Vergine di Olive. Das Ergebnis: Man muss kotzen.

Doch auf meinem Platz sitzt ein Mann im grauen Anzug, Typ Versicherungsvertreter um die fünfzig, mit Brille im Tabaksbeutelgesicht. Und schon fangen die Probleme an. Der Kopf des Mannes lehnt an der Scheibe; er schläft mit offenem Mund, wobei sein warmer Atem für einen breiten nebligen Film auf der eh schon verschmierten Scheibe sorgt. Soll ich ihn wecken? Oder hoffen, dass er aufwacht, wenn der Zug losfährt, sodass ich dann meinen Platz einnehmen kann? Macht mein Tag etwa wieder eine kleine Pause?

In diesem Moment wacht der Versicherungsvertreter auf. Einfach so. Na bitte! Leider würdigt er weder mich noch seine Fahrkarte eines Blickes. Seinen Tag macht man wohl am besten selbst. So wie Risotto, Liebesbriefe und das eigene Bett.

Also ergreife ich die Initiative: «Entschuldigung, aber diese Platz ist meine.» Dann erzähle ich ihm noch etwas über mein Problem mit der Fahrtrichtung, doch der Mann schaut nur verständnislos. Kein Wunder – schon das Wort ‹Ruckwarts› hört sich bei mir so an wie die Zauberburg von Harry Potter.

Der vorwurfsvolle Hundeblick, mit dem er mich ansieht, nachdem er seine Siebensachen zusammengeklaubt und sich auf einen anderen Platz verdrückt hat, spricht Bände. Aber der Vertretertyp scheint einfach nur müde zu sein, denn er nickt fast im selben Moment wieder ein, in dem er sich auf dem ungeliebten Platz niedergelassen hat.

Unser völlig überheiztes Sechser-Abteil ist zum Glück nicht vollbesetzt. Die beiden Sitze links neben meinem frisch eroberten Fensterplatz sind leer; ich kann mich also breitmachen. Mir gegenüber sitzt eine nette Omma, die in einen warmen, selbstgestrickten khakifarbenen Schal hüstelt und in einen *Julia*-Liebesroman mit dem sinnigen

Titel «Schwester Carina glaubt an das Glück» vertieft ist. Eine Omma, die von der Liebe träumt.

Eine hochschwangere Frau schiebt sich durch den engen Gang an unserem Abteil vorbei. Ihre Haare sind wasserstoffblond. Hoffentlich nicht gefärbt. Das wirkt sich doch sonst auf das Ungeborene aus! So rund, wie sie ist, muss sie einen ganzen Kegelverein da drin haben. Oder das Kind kommt im Wintermantel und mit einem Riesen-Kuschelbären im Arm zur Welt.

Ah! Glück gehabt. Ich höre, wie die Schwangere die Tür nebenan aufschiebt und sich mit einem lauten Plumps an meiner Rückwand niederlässt.

So, jetzt schreibe ich sofort eine SMS und sage Bescheid, dass ich schon im Zug sitze und sogar eine Fahrkarte am Schalter ergattert habe: «Hallo, Hr. Endruweit, fahre gleich los mit ICE 610, mit Bord-Bistro! Komme 18:30 Uhr in HH an. Freue mich auf unseren Termin. Ciao, Angelo C.»

Raus ist sie, die SMS.

Und schon grüble ich wieder, ob ich in dieser jungen Geschäftsbeziehung alles richtig mache: Wieso habe ich das mit dem Bord-Bistro geschrieben? Jetzt denkt der, ich lasse mich im Zug volllaufen! Und unter Filmleuten fliegt man doch! Wie soll ich Herrn Endruweit in einer SMS erklären, dass ich bei dem Schneegestöber lieber gemütlich im Zug sitze, als mich im Flugzeug durchschütteln zu lassen, um am Ende in Hannover notzulanden?

Auch nach Deutschland kam ich 1989 mit dem Zug – aus Bologna, meiner Universitätsstadt. In der «Citta' Rossa», der roten oder kommunistischen Stadt, lebte ich nach

dem Abitur zehn Jahre lang und studierte fünf Jahre «Disciplina Arte Musica e Spettacolo» mit den Schwerpunkten Film- und Theaterwissenschaften – und vergaß das meiste prompt.
Geboren und aufgewachsen bin ich allerdings in Rom. Ich bin ein Romer und kein Römer! Und wie jeder weiß, spinnen die Romer – und die lästigen Pünktchen auf dem «Römer» passen nicht zu mir.

In Bologna hatte ich gerade meinen ersten Deutschkurs hinter mir, als ich mich entschloss, nach DUsseldorf auszuwandern.
Meine italienische Familie konnte es nicht fassen – von Rom nach DUsseldorf! Die Stadt ist ja berühmt. Aber doch nur für ihr Monster!
«Il mostro di Dusseldorf» – davon hatte man in Rom gehört. Dass es sich um Senf, also «Mostert», wie der Rheinländer sagt, handelt, erfuhr ich erst viel später – was nicht heißt, dass es einer meiner italienischen Verwandten je geglaubt hätte. Für sie war und blieb DUsseldorf die Stadt der Monster. Nicht nur das Monster bedrohe die Stadt, sagte meine Familie. In Deutschland würzten die Leute Salat mit Zucker und belegten Pizza mit Ananas! Ich konnte das nicht glauben, doch als ich meinen ersten Cappuccino in einem Düsseldorfer Café bestellte, bekam ich tatsächlich Filterkaffee mit einem Klecks Sahne serviert. In diesem Moment wurde mir klar, dass an den Gerüchten doch etwas dran war ...

In Italien ist man es gewohnt, oft essen zu gehen. Man sucht sich ein Lokal aus und wird dort gefragt, was man essen möchte. In Deutschland muss man sich jedoch schon vorher entscheiden – für ein griechisches, chinesisches, jugoslawisches, japanisches, spanisches, vietnamesisches oder italienisches Restaurant.
Doch irgendetwas schien auch in diesen Lokalen nicht zu stimmen; alle Gerichte waren «eingedeutscht». Anfang der neunziger Jahre gab es in italienischen Restaurants Carbonara mit Sahne, Tomatensuppe mit Sahne, Hähnchen mit Sahne und Rucola – nein, den kannte ma ja damals noch nicht. Undenkbar in Italien! Aber den Deutschen schien es zu schmecken. Und sie aßen ständig, egal, zu welcher Uhrzeit – das war zumindest mein erster Eindruck bei einem meiner Spaziergänge durch die Stadt. Ich war neidisch, hungrig und unterzuckert, denn ich fand nichts, was mir hätte schmecken können. Ich studierte die Teller der anderen Gäste genau, in der Hoffnung, endlich etwas optisch Ansprechendes zu finden. Meistens vergeblich.

Frau Lehmann, eine bodenständige, viereckige Lehrerin im Rentenalter, die am Goethe-Institut in Bologna unterrichtete, war eine der Ersten, die mich Deutsch sprechen hörte. Sie war schockiert und gleichzeitig verzaubert, denn dank meines starken italienischen Akzents klang ihre Muttersprache plötzlich ausgesprochen mediterran. «Wie schön die deutsche Sprache klingen kann!», jauchzte sie stolz und ein wenig wehmütig und wünschte mir alles Gute und toi, toi, toi für mein neues Leben in ihrem Heimatland. Dann riet sie mir noch energisch, auf meinen Körper zu achten: «Auch wenn du die deutschen Vokabeln einigermaßen beherrschst, nützt es nichts, wenn du sie nicht mit den richtigen Bewegungen kombinierst!»

Bei mir war es nämlich so: Alles, was ich in Worte fasste, kollidierte grundsätzlich mit meiner Körpersprache, und es passierte mir immer wieder, dass meine «gegenuberredende Person» mit ratlosem Blick vor mir stand, während ich wild gestikulierte. Man konnte die Sprache zwar als Deutsch erkennen – wahrscheinlich am Geräusch –, aber meine bunten Bewegungen passten wohl eher zur olympischen 4×100-Meter-Freistil-Schwimmerstaffel, wie ein wohlmeinender Freund es Jahre später beschrieb.

Mittlerweile habe ich Dutzende Sprachkurse besucht, aber meine Mimik passt immer noch nicht recht zu der Grammatik. Eine Sprache lernt man angeblich am besten, wenn man sie einfach hört und spricht – bei mir scheinen da andere, bisher noch unerforschte Kriterien zu gelten. Eine mögliche Erklärung: Ich wurde in der alles entscheidenden ersten Sprachlernphase ganz offensichtlich falsch geprägt, weil ich unglücklicherweise auf Leute traf, die selber eher undeutlich sprachen. Und wenn die damit klarkamen, klappte es vielleicht dann auch bei mir. Dachte ich.

Ich war froh, dass mich mein erster Job nach Norddeutschland führte, denn man hatte mir gesagt, man spreche dort dialektfrei. Stimmt. Meine erste Redakteurin bei Radio Bremen schien jedoch ständig ein hartgekochtes Ei im Mund zu haben. «Unterhaltung is seha schwea»,

rief sie immer wieder und lachte dabei laut. Ich wusste nicht, was sie meinte. Unterhaltung? Ich kannte nur «Entertainment» oder «Intrattenimento». Trotz ihrer herausfordernden Artikulation realisierten wir gemeinsam fünf Folgen der Show *Total Normal* – ich als Autor und sie als Redakteurin – und verquatschten Tausende Saufnächte. Eine harte Schule, in jeder Hinsicht.
Sie brachte mir bei, wie man eine Pointe baut und eine Sendung strukturiert. Bei der nächsten Gelegenheit muss ich mich wirklich mal bei ihr bedanken.

Bei meinem ersten Kinofilm *Kein Pardon* hatte ich dann das zweifelhafte Vergnügen, jeden Morgen um fünf Uhr mit dem reizenden und redegewandten Schauspieler Heinz Schenk im Bus zum Drehort zu fahren. Er war um diese Uhrzeit schon bester Laune und hatte Lust, sich zu unterhalten – auf Hessisch. Seine Lieblingsgeschichte begann er immer wieder gern mit den Worten «Uff de Fiitschiis ...». Ich suchte diesen Ort in allen Atlanten, die ich in die Finger bekam, fand ihn aber leider nicht. Es dauerte einige Tage, bis ich endlich kapierte, dass er von den Fidschi-Inseln sprach – den Rest seiner Geschichte habe ich vergessen oder vielleicht auch einfach verdrängt. Heinz hatte sich außerdem netterweise angewöhnt, nach der Mittagspause mit seinem Kaffee zu mir zu kommen und mir seinen neuesten Witz zu erzählen.
Wenn ich nicht lachte – und ich lachte so gut wie nie, weil ich ihn einfach nicht verstand –, ging er beleidigt zum Nebentisch und beschwerte sich laut: «Herr Blunagalli hat kein Humor!»

Wie Heinz Schenk auf ‹Blunagalli› kam, ist ganz einfach; ich erkläre meinen Namen nämlich meistens so: Cola wie die berühmte schwarze Brause und grossi wie groß mit i am Ende, dann verstehen die Leute es am schnellsten. Heinz Schenk nahm einfach die orangefarbene Brause Bluna und ergänzte sie um das italienische Wort für Hähne, also galli.
Wahrscheinlich war er der Meinung, mein italienisches Temperament gliche dem eines aufgescheuchten Huhns.
Wenn er meint.

Wahrscheinlich, sehr wahrscheinlich, sicher, ganz sicher! – war und bin ich mit meinem «Neu-Deutsch» für meine Gesprächspartner eine große Herausforderung. Karma, denke ich heute. Das Schicksal hat uns einander als Prüfung gegenübergestellt. Jeder hatte mit den Sprachverwirrungen des anderen zu kämpfen. Ein biblisches Thema. Aber im Unterschied zum Turmbau zu Babel hat es meine Sprachverwirrung leider nicht in die Bibel geschafft. Und jetzt ist es auch zu spät dafür.

Im Laufe der Jahre wurde ich dann immer wieder mit Kollegen, Bekannten und Freunden konfrontiert, deren Witze ich nicht verstand. Aber ich gebe nicht auf! Eines Tages, wenn ich die deutsche Seele und die deutsche Sprache ganz erfasst habe, werde ich über jeden Witz lachen können, getreu einem Sprichwort, das es, soweit ich weiß, nur in Deutschland gibt: «Humor ist, wenn man trotzdem lacht!»

14:10 Uhr – Düsseldorf Hauptbahnhof

Zum Glück fährt der Zug pünktlich ab. Im Bord-Bistro hole ich mir einen Kaffee und ein Wasser. Noch herrscht hier gähnende Leere, und der uniformierte Kellner, der mir die Getränke verkauft, unterbricht nur ungern sein Kreuzworträtsel.

Amore und so'n Quatsch, das Drehbuch, das ich Herrn Endruweit nach Hamburg geschickt hatte und über dessen Realisierung er jetzt hoffentlich mit mir sprechen will, spielt auch in einem Zug, aber hauptsächlich in Aufseß in der Fränkischen Schweiz, in Berlin und natürlich in Italien. Und es handelt – natürlich! – von der Liebe.

BILD 9. Wohnzimmer Haus Pfütze.

Die Einrichtung ist rustikal mit einigen Heiligenfiguren an den Wänden. Marions Vater macht seine Stehlampe an und setzt sich vor den Fernseher. Dort läuft ein Bericht über den Christopher Street Day. Marion kommt mit zwei Tellern herein, stellt ihrem Vater den Salatteller hin und nimmt sich selbst den Leberkäse mit Bratkartoffeln und Spiegelei. Der Vater guckt enttäuscht.

Vater: Krieg i koi Leberkäs'?

Marion: Ach, Papa, dei Herz!

Vater: Ja, s' Herz ...

Marion: Mei, Papa, worst Du scho ammol in Berlin. Da's was los!

Vater: Alles Verrücke, Hascher, Hippies, alles schwule Verbrecher – alle miteinand'! Sado und Camorra. I sog immer: kleine Stadt, kleine Probleme – große Stadt, große Probleme!

Marion: Ach, i tät so gern ammol wegfahr'n – nach Berlin ...?!

Vater: Marion, du bist wie dei Mutter. Die war auch so ausgeflippt, die wollt immer auf Bamberg, und jetzt is' se tot.

Heinz-Dieter kommt herein. Er setzt sich zwischen Marion und ihren Vater. Er sieht Marions überfüllten Teller und tauscht ihn gegen den Salatteller vom Vater. Der Vater freut sich.

Heinz-Dieter: Marion, heut' net, heut' is' Donnerstag.

Marion: Ach so ja, heut' net ...

Marions Vater stopft sich genüsslich den fetten Leberkäse und die Bratkartoffeln rein.

Vater: Heinz-Dieter, wann willst denn endlich mei Marion heiraten?

Heinz-Dieter: Sie will ja net. Jetzt will se ans Meer fahr'n!

Vater: I denk, du willst nach Berlin?

Heinz-Dieter: Nach Berlin? Mei, Marion, Nürnberg is doch schon so unübersichtlich!

Marion: Darf man net amal aweng träumen?

Der Vater stopft sich genüsslich noch einen Happen Leberkäse in den Mund – an dem letzten Bissen schluckt er schwer.

14:37 Uhr – Im Zug zwischen Düsseldorf und Duisburg

Mann, bin ich aufgeregt. Dieser Termin ist für mich sehr wichtig.
Autoren grübeln nämlich nicht nur. Sie fiebern auch. Vor solchen Besprechungen wie der, zu der ich jetzt unterwegs bin, erfasst mich jedes Mal ein Lampenfieber, als ob ich in einem vollbesetzten Fußballstadion die deutsche Nationalhymne singen soll.
Allein.
Akzentfrei.
Vor über 50 000 Leuten.
Das kann doch nicht gutgehen!

Obwohl ich schon eine tolle Besetzung für den Film zusammen habe – die besten Schauspieler, die Deutschland zu bieten hat, haben großes Interesse bekundet –, ist es schwierig, die Finanzierung für dieses Projekt hinzukriegen. Filmemachen kostet eben Millionen.
Das ist meinen Mitreisenden jetzt gerade mal ziemlich egal.

Die Omma, die mir gegenübersitzt, ist noch immer mit seligem Lächeln in ihren Liebesroman versunken. Wohlig hüstelt sie in ihren Schal, und sie hat ganz rote Backen bekommen. Vielleicht ist sie gerade an einer Stelle, wo das Liebespaar wie im Rausch übereinander herfällt, er ihr das Kleid vom Leib reißt, und ihr wogender Busen …
Nein, sie ist nur erkältet.
Mein Blick fällt auf den Versicherungsvertreter. Liest der überhaupt? Seit ich ihn vertrieben habe, hat er sich noch nicht einmal gerührt. Seine Brille ist verrutscht. Wenn er wach wird, wird seine rechte Gesichtshälfte eine bleibende Delle aufweisen.
Seine Geschäftspartner werden ihn für ein Mitglied einer dieser schlagenden Verbindungen halten. Einsame Studenten in einer fremden Stadt, die fechten, bis sie blutige Schrammen im Gesicht haben. Dann trinken sie Bier. Viel Bier. So viel Bier, dass sie alles wieder vergessen. Später gehen sie nach Haus und hoffen, dass sie im Suff nicht geheult haben. Noch viel später werden sie dann große Tiere in der Wirtschaft und machen Geschäfte mit ihren Verbindungsbrüdern. Auch so eine deutsche Tradition, die sich mir nicht ganz erschließt …

Dass es auch andere Tricks gibt, um im Leben erfolgreich zu sein, und dass Frauen manchmal die besseren Kniffe draufhaben, zeigt das Drehbuch für *Der Mann an meiner Seite*, das ich 1999 angefangen habe. Der Stoff ist ein Klassiker: Zwei Frauen und zwei Männer, alle vier mitten im Leben, wünschen sich verzweifelt einen Partner. Oder anders ausgedrückt: Alle vier suchen einen Mann fürs Leben.

BILD 1. Pizzeria.

Max und Bodo sind in einer Pizzeria. Während die beiden sich unterhalten, knutscht hinter ihnen ein junges Pärchen.

Max: Weißt du, wenn ich morgen von irgendeiner Brücke springen würde, das wäre doch egal, wer würde davon schon Notiz nehmen ...?

Bodo: Uhmm ...

Max: ... also ich will nicht sagen, dass ich eine Krise habe, aber ... irgendwie stellt man sich schon Fragen wegen der Zukunft und so ...

Bodo: Klar!

Max guckt aus dem Fenster und sieht ein glückliches Pärchen vorbeigehen.

BILD 2. Schlafzimmer Maurizia. Innen. Nacht.

Maurizia sitzt ungekämmt im Bademantel auf dem Bettrand.

Sie ist um die 30, hat lange schwarze Haare, ist vornehm, mit spießigem Touch.

Maurizia: (heult) Nee ... vaffanculo ... Nein, nein, nein, ich bleibe hier zu Hause und sterbe jetzt ...

Sie knallt sich rücklings aufs Bett. Kurze Pause. Sie kommt schnell wieder hoch. Die Kamera zieht langsam auf.

Maurizia: (weiter heulend) ... ich will nicht sterben ...

Mutter: (heult) Maurizia bella, ti prego non fare cosi ... Amore ...

Guido: Mamma iste nichte schlimme, sie wird sich wieder beruhigen ...

Carla: Frau Tucci-Wolf, lassen Sie das bitte mich machen.

Carla schiebt Mutter und Maurizias Bruder aus dem Zimmer.

Sie ist an solche Szenen gewöhnt.

Carla: (trocken) Welche Tasche nimmst du, die oder die?

Maurizia: Ich gehe nicht mit ...

Carla: ... und ob du mitgehst. Ich bin auch überall mit hingelatscht.

Maurizia knallt sich wieder aufs Bett.

14:47 Uhr – Im Zug, kurz hinter Duisburg Hauptbahnhof

Frauen haben eben auch ihre Probleme. Dass sie öfter weinen als Männer, haben wir schon immer vermutet. Ihre Tränen sollen sogar ein halbes Grad wärmer sein als die von Männern. Das ist wissenschaftlich erwiesen, habe ich irgendwo gelesen. Okay, das weltweite Energieproblem lässt sich damit nicht lösen, aber vielleicht hat es die Natur so eingerichtet, damit man sie tröstet. Ich werde aber auch gern getröstet, wenn's mir mies geht.

Im Moment tröstet mich, dass sich jemand für mein Drehbuch interessiert. Es ist immerhin auch für fast etablierte Drehbuchautoren durchaus normal, dass man zehn schöne Stoffe hat, aber nur einer davon schließlich auch ein Film wird. Manchmal ist es auch nur einer von zwanzig. Und manchmal gar keiner.

Ich atme durch.

Natürlich, Herr Endruweit wird Änderungsvorschläge haben. Ist ja auch okay. Wenn ich alles wüsste, wäre ich Bundeskanzler, Herr Endruweit oder Papst. Mit einem etwas größeren Garten in Rom als dem meiner Jugend.

Ich habe eine große, laute und sehr familiäre Familie, in der das Essen eine wichtige Rolle spielt. Und meine Kindheit war von ganz bestimmten Ritualen geprägt; am Samstagabend ging es erst einmal in die Badewanne. Während die Haut an meinen Händen langsam schrumpelig wurde, konnte ich schon riechen, was meine Mutter in der Küche für das Abendessen vorbereitete. Mal gab es Milanese, mal Abbacchio, mal Milanese, mal Abbacchio. Das klingt zwar nicht besonders abwechslungsreich, aber für meine Mutter war das Kochen ausgesprochen wichtig – ganz besonders das gemeinsame Kochen mit uns fünf Kindern. Alle, die nicht gerade in der Wanne saßen, mussten in der Küche helfen, und jeder hatte seine Aufgaben. So hatte meine Mutter uns alle im Blick und unter Kontrolle, und wir waren beschäftigt und glücklich. Ein simples, aber effektives Erziehungskonzept! Und heute können wir alle gut kochen.

Kochen mit Kindern! Das könnte eine tolle Serie sein! Ob ich mir gleich mal die Rechte sichere?

Nach dem Essen versammelte sich die ganze Familie vor dem kleinen Schwarzweißfernseher im Wohnzimmer. Auf dem Bildschirm erschienen Raffaella Carrà und die Kessler-Zwillinge mit ihrem starken deutschen Akzent und langen, langen, langen Beinen. Ich als Blonder der Familie war sofort fasziniert und wünschte mir, eines Tages in das unbekannte, unentdeckte und sehr ferne Heimatland von Alice und Ellen zu reisen. Und am Schluss der Show trat Rita Pavone auf und sang *Arrivederci Hans*. Was für ein Omen!

Die Sonntage im Sommer waren bei uns nicht minder aufregend. Schon samstags hatte meine Mutter Unmengen von Essen vorbereitet – Nudelauflauf, Hähnchen, die obligatorische Milanese und Kartoffelgratin, Obst und viele andere Leckereien –, die sie am Sonntagmorgen zusammen mit den Resten des Abendessens, Sonnenschirmen, Campingtischen und Klappstühlen, Badehandtüchern, Spielzeug und der halben Wohnungseinrichtung in einen Fiat 1100 packte, der doppelt so groß war wie der winzige 500. Wir Kinder wurden auf der Rückbank gestapelt, und so ging es dann rasant nach Ostia, ans Meer in der Nähe von Rom. Das Auto platzte aus allen Nähten, und sobald wir ankamen, sprangen die Autotüren auf, und heraus kamen die Eltern und fünf aufgeregt durcheinanderredende Bambini, alle bereits in Badesachen. Wir Kinder rannten sofort ins Wasser – unter dem strengen Blick meiner Eltern, die damit beschäftigt waren, unsere Wohnung am Strand zumindest teilweise wieder aufzubauen. Andere Familien waren mit exakt demselben Gepäck angereist, und so kämpfte man unter der glühenden Sonne um jeden Zentimeter – bis am Abend alles wieder eingepackt wurde und wir Kinder auf dem Rücksitz einschliefen. Und am nächsten Wochenende begann alles wieder vor vorne …
Erst Jahre später habe ich erfahren, dass diese Sonntagsausflüge nichts typisch Italienisches waren. Meine beste Freundin Heidi aus Hamburg fuhr zur selben Zeit ebenfalls mit den Eltern, ihren vier Geschwistern und dem dazugehörigen Gepäck jeden Sonntag an die Ostsee.

Und damit bin ich gedanklich schon wieder in Hamburg – und bei Herrn Endruweit. Welche Änderungen wird er wohl verlangen? Und schon grüble ich erneut. Vielleicht gefällt ihm Aufseß als erster Ort der Handlung nicht? Oder die erste Szene im Schwimmbad? Ich muss auf alles vorbereitet sein!

Die Tür des Abteils wird mit Schwung aufgerissen. Ein gutaussehender junger Mann kommt rein. Mit offenem Lächeln wirft der Deutsch-Afrikaner ein «Moin, Moin allerseits» in die Runde, wie es hamburgischer nicht sein könnte. Ich beneide ihn um seine perfekte Aussprache. Dann hievt er seinen schweren Rucksack lässig in die Gepäckablage. Ja! Das ist mein Leser! Jung, modern, aufgeschlossen, international und vor allem irrsinnig gutaussehend.

So ein Aussehen kann tödlich sein – genau diese Idee habe ich in meinem Drehbuch zu *Pömps* verwendet, in dem ein Kriminalpolizist namens Hugo bei einem Tanzturnier wegen einer Blasenentzündung ohnmächtig wird, einem Praktikanten im Schlachthof namens Dieter während einer Nachtwanderung ein Dachs den Daumen abbeißt und Alma, eine attraktive Transe Anfang zwanzig, auf dem Weg zu einem Auftritt einen schweren Autounfall hat; als sie aus ihrer Ohnmacht aufwacht, sitzt Daniel neben ihr – ein Engel, der ein bisschen aussieht wie Erich Honecker in dick. Bei dem Unfall verliert Alma einen roten Pömps, der sich kurze Zeit später unglücklicherweise in der Schläfe einer anderen Transe wiederfindet, die diesen Zwischenfall leider nicht überlebt. Alma wird – natür-

lich – auf der Männerstation behandelt und trifft dort auf eine ganze Reihe schräger Figuren, die selber ziemlich absurde Geschichten erlebt haben. Und immer wieder sterben Transen durch gezielt platzierte rote Pömps …
Ich weiß, dass die hochhackigen Schuhe sich eigentlich «Pumps» schreiben, aber ich finde, «Pömps» mit den schicken Pünktchen liest sich einfach schöner.

BILD 21. Gang/Männerstation

Dieter wird frontal vor die Kamera geschoben und rechts vor einer großen Tür abgestellt. Pfleger geht. Manfred stellt sich nun an Dieters Fußseite, wo auch der Eingang zum OP ist.

Manfred: Soll ich bei Ihnen bleiben, Dieter?

Dieter: Nee, nee, alles halb so wild. Haben Sie meinen Daumen irgendwo gesehen?

Manfred: (gutgelaunt augenzwinkernd) Der ist schon im OP und kommt wieder dran!

Er hält seinen Daumen hoch.
Hugo wird nun links vor die Tür geschoben, in einem gewissen Abstand zu Dieter. Pfleger geht. Claudia stellt sich an Hugos Fußseite vor die OP-Tür. Claudia sieht Dieter nicht an.

Claudia: Mistkröte! Hiermit schmeiß ich dich offiziell aus dem Club Rot-Weiß-Braun raus. Mit wem bist du fremdgegangen?

Hugo: Hau ab, Claudia! Ich weiß nicht, was schlimmer ist: du oder das Brennen.

Claudia: Die haben gesagt, ich soll bleiben; wenn du abkratzt, brauchen die deine Personalien. Ich warte!

Alma wird nun mittig zwischen die beiden anderen Bahren geschoben. Daniel stellt sich auch an ihre Fußseite. Der Pfleger geht.

Alma: (dem Pfleger hinterher) Hey, was is? Wie geht's denn jetzt weiter? Ich hab einen Auftritt!

Daniel: (ätherisch) Ich hab dir Blumen mitgebracht!

Alma: Verpiss dich!

Manfred: Wer: ich oder sie? (deutet auf Claudia)

Claudia: Ich bin seine Frau. Ich warte, bis er abgekratzt ist!

Dieter: (besorgt) Müssen wir denn sterben?

Manfred: Reden Sie doch nicht so grob!

Claudia: Hier is doch die Männerstation, oder nicht?

Alma: Hier bleib ich auf keinen Fall!

(zu Daniel) Würden Sie sich vielleicht mal darum kümmern, ich möchte in die Gynäkologie!

Daniel ist unsicher und weiß nicht, was er tun soll.

Claudia: (irritiert) Wer?

Alma: Ich!

Claudia: Sie sind doch 'ne Transe!

Alma: So 'n Zufall! Sie ja auch!

Claudia: (empört) Also! ...

Alma: (mustert sie) Nee, bei dem Fummel müssen Sie 'ne Frau sein. Gehen Sie mir aus dem Panorama. Die Farbe bringt einen ja zum Kotzen.

Hugo lacht gequält, aber herzlich. Daniel und Manfred lachen auch.

Claudia: Das sind die Farben unsers Vereins!

Alma: Was is denn das für ein Verein? BDM?

Hugo: Wir tanzen! Und das is unser Wanderpokal in Silber!

Alma: (deutet auf Claudia) Wer – der Becher oder sie?

Claudia: Das gibt's ja nicht! Die vorlaute

Transe hat dieselben Pömps wie ich! Wo is denn der andere Schuh!?

Alma: (sieht nach) Wieso? ... 220 € weg! Na prima!

Der Arzt und zwei Schwestern kommen dazu.

Doktor: Also der Daumen kommt sofort in den OP, Die Blase muss zum Ultraschall, und der Schädel kriegt gleich ein CTM, und dann wird genäht. So, die Herrschaften können dann jetzt auch nach Hause gehen. Die Patienten bleiben sowieso zur Beobachtung erst mal hier. Sie können jetzt gar nichts mehr hier tun. Auf Wiedersehen. Wir schließen gleich.

Alle gehen ab bis auf Daniel.

Alma: Ich hab 'ne Katze. Ich muss nach Hause!

Ein Moment Stille.

Alma: (sieht Daniel) Sie können jetzt auch gehen!

Hugo und Dieter gucken dumm.

Daniel: Ich bleibe immer bei dir. Es wird etwas Schreckliches geschehen. Hier wird jemand ermordet.

Alma: Das wüsste ich aber. Mach dir keine falschen Hoffnungen! Da wird nichts laufen zwischen uns beiden. Die Blumen können Sie hierlassen!

Hugo und Dieter haben sich aus lauter Neugier etwas aufgerichtet.

Hugo: Sie haben ordentlich eins aufs Dach gekriegt, was?

Alma: Ja, das sieht man doch!

Hugo: Von 'nem Freier?

Almas Handy klingelt.

Alma: Was ist? Wie bitte? ... Warum? Ich liege im Krankenhaus, stell dich nicht so an, Günter ... Wer ist an meiner Stelle aufgetreten? Biggi La Belle? Die Playbacktöle! Ich bin auf deinen billigen Bumsladen auch gar nicht angewiesen! (legt auf) Super! Schuh weg, Job weg, Gesicht im Arsch. (zu Hugo) Was sagtest du eben?

Hugo: (kleinlaut) Sorry.

Alma: (wieder friedlich) Was hast du denn?

Hugo: (verschämt) Ich kann nicht so richtig ... also wenn ich aufs Klo will, dann ...

Alma: (alarmiert) Brennen?

Hugo: (nickt) Hmm!

Alma: Wenn das mal kein verschleppter Tripper is? Und du, Kleiner?

Dieter: Halb so wild, wird schon wieder!

Hugo: Was hast du denn?

Dieter: Halb so wild. Mein Daumen ist weg! (zeigt es)

Alma: Au Backe!

Dieter: Wird wieder drangenäht! Und dann ändere ich mein Leben aber!

Hugo: Das kannste laut sagen!

Alma: Aber so was von!!

Daniel: Es wird etwas Schreckliches geschehen!

Alma: (entsetzt) Wann?

Alle drei kommen wieder hoch.

Hugo: Wann was?

Alma: Wie, wann was?

Dieter: Was is?

Alma: (zu Daniel) Was wird passieren?

Hugo: Weiß ich doch nicht. Die werden den Daumen ...

Alma: Mein Gott! Was haben sie euch denn gegeben? Ich rede mit ihm!

Hugo: (starrt ins Leere) Mit wem?

Dieter: (entsetzt) Mit Gott!?

Alma: Mit dem kleinen Dicken hier!

Sie zeigt auf Daniel.

Alma: (weiter) Wer sind Sie, und was wollen Sie?

Daniel will etwas sagen und wird von Hugo unterbrochen.

Hugo: Haben Sie das schon länger? Fordern die Stimmen Sie auf, etwas Unsittliches zu tun?

Alma: Das mach ich schon von ganz alleine. Wie heißen Sie überhaupt?

Daniel: Daniel.

Alma: Ja, und weiter?

Daniel: Nichts weiter.

Alma: Wo wohnen Sie denn?

Daniel: Bei dir!

Alma: Das is 'n Irrer! Mit solchen Typen is nicht zu spaßen!

Alle drei rufen verzweifelt den Arzt. Der Arzt kommt.

Arzt: Moment, Geduld! Was is?

Alma: Schmeißen Sie den Mann hier raus!

Arzt: Welchen?

Alma: Den kleinen Dicken mit den Blumen. Das is'n Irrer!

Der Arzt sieht sich um.

Arzt: (versteht) Ach so, ja. Bitte würden Sie jetzt gehen? (er redet ins Leere)

Daniel bleibt stehen.

Arzt: (weiter zu Alma) Schauen Sie, er geht ganz lieb, und er kommt nicht wieder, führt gar nichts Böses im Schilde. (nimmt die «Luft» in den Arm) Wiedersehen! (bringt ihn zur Tür) Wiedersehen! (winkt hinterher)

Daniel hat sich die Szene gespannt angesehen.

Alma: Wollen Sie mich verarschen? Wen auch immer Sie weggeschickt haben, es war der Falsche. Der steht da und geht nicht!

Dieter: Ich möchte jetzt operiert werden. Mir ist nicht gut!

Hugo: Mädel! Vorsicht, der schickt dich in die Geschlossene!

Daniel: Es wird etwas Schreckliches geschehen!!

14:50 Uhr – Im Zug zwischen Duisburg und Essen

Draußen gleitet eine winterlich-weiße Landschaft vorbei. Es schneit heftig, als der Lautsprecher zu krächzen anfängt. «Meine Damen und Herren, schauen Sie bitte nach draußen, in Fahrtrichtung links!», donnert die Raucherstimme des Zugbegleiters. Die Omma legt ihren Roman zur Seite und hustet, der Versicherungsvertreter schreckt aus seinem Tiefschlaf hoch – seine Backe sieht aus wie ein kleiner Po –, der junge Mann grinst fröhlich in die Runde.

Zum ersten Mal nehmen wir uns alle wirklich wahr. Wie hypnotisiert blicken wir nach draußen auf die Autobahn Richtung Hamburg, die hier direkt neben der Zugstrecke verläuft. Die Autos stehen still – ein kilometerlanger Stau im tiefen Schnee.

«Mit der Deutschen Bahn kommt man immer voran!», verkündet stolz die Raucherstimme.

Die Begeisterung in unserem Abteil ist plötzlich riesig. Wir gratulieren uns gegenseitig, denn wir sitzen im Zug!

Wir sind Sieger in dem Spiel, in dem es angeblich überhaupt keine Verlierer gibt.
Das tut meinen Nerven gut. Ich entspanne mich. Jetzt bin ich mir sicher: Dank der Deutschen Bahn werde ich pünktlich in Hamburg ankommen. Jetzt besteht Hoffnung, dass ich nicht wieder alles alleine produzieren muss, wie damals bei *Aktien und andere Götter*, woraus später *Alles wegen Paul* geworden ist. Heute weiß ich, dass der Film eigentlich *Mary in Indien* hätte heißen müssen.

Nach einer Reise durch Indien Ende des 20. Jahrhunderts wuchs in mir der Wunsch, dort einen Film zu drehen. Die Idee entstand dort, und noch während der Reise schrieb ich die erste Fassung des Drehbuchs.
Als ich wieder in Deutschland war, versuchte ich, die Idee unterzubringen. Monatelang arbeitete ich an der Endversion, kopierte das Manuskript und schickte es an jede Produktionsfirma, die ich kannte, und selbstverständlich auch an alle anderen – in der Hoffung, die nötige Finanzierung zusammenzubekommen.
Umsonst.
Nachdem ich mich damit abgefunden hatte, dass mein Drehbuch von allen großen, kleinen und mittelgroßen Sendern abgelehnt worden war, erzählte mir ein Bekannter, dass eine Tochterfirma der Sparkasse Köln Filmprojekte finanziert und unterstützt.
Nach ein paar kurzen Telefonaten verabredeten wir uns in deren Büro.
Aufgeregt, aber präzise wie nie erzählte ich die Geschichte von *Alles wegen Paul* fast wie in einem Atemzug. Ich fi-

xierte einen Typen, der permanent an einer Lakritzstange saugte und mir konzentriert lauschte.

Es gibt sie, diese Momente, in denen man alles beisammen hat – beide Gehirnhälften, alle fünf Sinne und seine Siebenmeilenstiefel.

Und die deutsche Sprache.

Ich brannte.

Ich tanzte.

Ich malte ihnen in leuchtenden Farben aus, wie viel sie für ihr weniges Geld zu sehen bekommen würden.

Ich war an den richtigen Stellen seriös, und an den schwierigen hielt ich den Mund und ließ sie fragen.

Dann: Stille.

Alle sahen sich an.

Der Typ mit dem Lakritz sagte mir noch etwas zögernd, dass er ein großer Indien-Fan sei, und zeigte mir dabei seine gelblich verfärbten Zähne. Die anderen nickten beifällig.

Heftig.

Begeistert!

Voller Inbrunst!

Sie liebten meine Vision! Und dafür liebte ich sie!

Wir liebten uns!

Ich kam aus dem Gespräch mit dem Versprechen heraus, dass der Film, den ich in Indien drehen wollte, voll finanziert werden würde – als Low-Budget-Produktion. Das bedeutete für mich, dass ich nicht nur Autor, Produzent und Regisseur sein musste, sondern auch Kostümbildner und Requisiteur, Motivscout und – nicht zu vergessen –

auch als Absperrer am Drehort meinen Mann stehen musste. Eine gute Gelegenheit, den passenden deutschen Begriff dafür zu lernen: eierlegende Wollmilchsau. Mit der Lizenz zum Filmen.
Also bin ich eine Eierlegendefilmendewollmilchregiesau!

Ein paar Monate später saß ich im Flugzeug Richtung Neu-Delhi – mit dabei ein kleines Dreh-Team, die Schauspieler Janette Rauch und Max von Thun. Der männliche Hauptdarsteller Uwe Rohde war zur selben Zeit noch am Nordpol und beendete dort gerade seine Dreharbeiten bei minus 20 Grad, um kurz darauf in Indien bei über 40 Grad zu drehen.
Wir übernachteten in Jaipur, der roten Stadt, in einem ehemaligen Maharadscha-Palast und drehten über 20 Tage bei schwüler Hitze, ohne eine einzige Pause. Ein Teammitglied wurde vor Erschöpfung ohnmächtig; der Bus, der uns zu einem Drehort fahren sollte, blieb mitten in der Pampa mit Motorschaden stehen; der indische Herstellungsleiter behauptete, seine zweite Honorar-Rate sei nicht gekommen, und drohte deshalb: «No money, no shooting!»
Es war also eine immense Freude, dort zu arbeiten. Wirklich – denn die Inder machten alles mit, wenn auch manchmal zu viel.
«Das gibt es nicht» gibt's dort nicht, und ich bin mir sicher: Hätte ich für den nächsten Tag eine bayrische Trachtenkapelle inklusive Schuhplattler-Truppe im Tempelbezirk gebraucht – diese Menschen hätten es geschafft.
Sie verkrafteten es sogar, dass ein italienischer Regisseur

mit einem deutschen Team mitten in Indien mit deutschen und indischen Schauspielern auf Englisch drehte. Mir selbst hat dabei mein Talent, mich an fremde Kulturen anzupassen, sehr geholfen.

Nach ein paar Drehtagen hatte ich nicht nur denselben Teint wie die Inder, sondern trug auch ihre Kleidung, die sehr viel besser zu dem Klima passte. Ich ging sogar als Inder durch und wurde gelegentlich von Einheimischen in ihrer Sprache angesprochen, zum Essen nach Hause eingeladen und dabei auch noch gebeten, ihre Tochter zu heiraten.

Beides lehnte ich höflich ab.

Natürlich siegte bei allem Mimikry mein italienisches Temperament, und so bekam ich bald den Spitznamen «Mr. Chalo, Chalo» – «Mr. Schnell, Schnell».

Eine Szene drehten wir im Busbahnhof, der aber leider ziemlich überfüllt war. Tausend Inder – und ich meine tatsächlich tausend Inder – wollten alle gern im Bild erscheinen, wo ich sie aber gar nicht gebrauchen konnte. Also benutzte ich einen Trick: Um die Sequenz zu retten, bat ich alle Schaulustigen, sich gemeinsam mit mir hinzuknien, und drehte alles in der «amerikanischen Einstellung». Die Schauspieler waren nur bis zur Hüfte im Bild zu sehen – und direkt darunter knieten der Regisseur und tausend Inder.

Für die große Hochzeitsszene des Films hatte der indische Herstellungsleiter einen echten, jungen Priester engagiert. Für ihn war es nicht nur seine erste Hochzeitszeremonie – er war auch völlig verwirrt, als er für die verschiedenen

Kameraeinstellungen seine Rituale ständig wiederholen musste. Und zu allem Überfluss stellte sich am Ende noch heraus, dass die gespielte Hochzeit nach hinduistischem Glauben tatsächlich eine gültige Eheschließung war. Max von Thun sah das weitaus lockerer als seine indische «Gattin» ...

Nachdem wir alles im Kasten hatten, flogen wir zurück nach Deutschland und wurden am Zoll gründlich unter die Lupe genommen. Bevor die Zöllner trotz aller Genehmigungen und Papiere auf die Idee kommen konnten, meine kostbaren 180 Minuten Filmmaterial zu beschlagnahmen, schob ich die Tasche voller Kassetten mit einem beherzten Fußtritt durch den Metalldetektor – zu Janette Rauch, die schon durch die Kontrolle war.

Anne Marie, eine gute Freundin, ließ mich in ihrem Schnittstudio in Hamburg meinen Film kostenlos während der Nachtschicht schneiden.

Ende September 2000 saß ich dann drei Wochen lang mit der Cutterin am Schneidetisch, um den Rohschnitt fertigzustellen. Und plötzlich stand ich da – mit einem tollen Film, aber ohne Sender und Verleih.

Ich organisierte eine Vorführung in Düsseldorf, lud die Verantwortlichen der Filmstiftung NRW ein und machte sie mit meinen bisherigen Geldgebern bekannt – der netten Tochterfirma der Stadtsparkasse Köln.

Das Screening war ein voller Erfolg, und alle waren begeistert von dem lustigen, bunten, exotischen Film.

Die Frau von der Filmstiftung versicherte mir euphorisch, dass sie die Finanzierung für die Postproduktion über-

nehmen würden, also für Nachsynchronisation, Tonmischung und die Umwandlung des Videomaterials in einen Kinofilm – wenn ich einen Verleih fände.
Nachdem ich alle möglichen Verleihe angefragt hatte, viele Briefe mit Demobändern verschickt waren, feste Zusagen und plötzliche Absagen sowie eine hohe Telefonrechnung eintrudelten, meldete sich ein Verleih in Berlin, der sehr, wirklich sehr interessiert an dem Film schien und ihn unbedingt ins Kino bringen wollte.
Ich packte meine Sachen, nahm ein Videoband und einige Fotos des Films mit und fuhr zirka 600 Kilometer nach Berlin, an einen See in der Nähe der Hauptstadt.

Die Villa, in der ich den Verleiher treffen sollte, sah von außen etwas gespenstisch aus und hatte ganz offensichtlich schon bessere Zeiten erlebt.
Vollgepackt mit Filmmaterial, klingelte ich und wartete etwa fünf Minuten, bis mir ein großer, hagerer Mann mit einer markanten Nase öffnete. Auf dem Arm trug er einen kleinen, weißen Hund, eine Mischung aus Spitz und Chihuahua.
Ich war etwas verwirrt und machte einen Schritt zurück, um das komplette Bild, das sich mir bot, zu erfassen. Dann trat ich wieder vor und streckte dem Mann meine Hand entgegen. Auf seiner Nase bemerkte ich eine Bisswunde, die Abdrücke waren deutlich zu sehen. Ich traute meinen Augen nicht, unterdrückte ein Grinsen und bemühte mich, ihm nicht ständig auf die lädierte Nase zu starren.
Er musste meine Irritation bemerkt haben, denn er sagte:

«Die Lilly hat mir gestern in die Nase gebissen», und deutete erklärend auf den kleinen Kläffer auf seinem Arm.
«Aha.» Mehr konnte ich dazu nicht sagen.

Als ich eintrat, schlug mir ein leicht muffiger Geruch entgegen. Das Bissopfer führte mich in den Garten, wo für vier Personen gedeckt war. Eine Frau saß bereits am Tisch und stellte sich als Schwester und Sekretärin des Chefs vor.
Wir warteten ungefähr zehn Minuten schweigend, bevor ein älterer, schmächtiger, sonnengebräunter Herr in einem weißen Kimono hereinkam. Ich stellte mich höflich vor, und noch bevor er Platz genommen hatte, verkündete er mit volltönender Stimme: «Wissen Sie, junger Mann, ich bin sehr alt, aber meine Prostata funktioniert perfekt, wie die eines Zwanzigjährigen!»
«Aha.» Mehr konnte ich auch dazu nicht sagen.
«Ich glaube, das interessiert unseren Gast nicht», bremste ihn seine Schwester trocken.
Ich nippte kurz an meinem Filterkaffee und versuchte, mich zusammenzureißen; dann zeigte ich ihnen die farbenprächtigen Fotos und erzählte von den Dreharbeiten in Indien.
Alle hörten mir gespannt zu, nickten und lächelten an den richtigen Stellen.
Super, dachte ich, die sind auf meiner Seite.
Plötzlich meldete sich der Alte wieder zu Wort. «Ich ficke immer noch gerne, und nicht nur Mädels», sagte er trocken.
Ich traute meinen Ohren nicht.

«Aha.» Auch hier erübrigte sich jeder weitere Kommentar.

Als dunkle Wolken den Himmel bedeckten, gingen wir ins Haus. Während uns ein Happen zu essen serviert würde, kündigte der Gastgeber an, würde er ein selbstkomponiertes Lied am Piano spielen, das ich dann bitte in den Film einbauen solle. Leider machte er seine Drohung wahr, und nach der katastrophalen Vorführung nahm er wieder Platz. Und endlich sprachen wir übers Geschäft! Mit wie vielen Kopien würden wir ins Kino gehen, und wie sähe das Verleihkonzept aus?
Es klang alles ganz toll, und vor meinen inneren Augen sah ich schon das Filmplakat und die Premiere. Doch der Satz, den der Alte dann sagte, brachte mich schlagartig in die Realität des muffigen Wohnzimmers zurück:
«Um die Promo-Kampagne zu starten, müssen Sie mir natürlich eine Vorauszahlung von 100 000 Euro geben, damit ich loslegen kann.»
«Aha.»
Ich ging gar nicht erst darauf ein, sammelte meine farbenprächtigen Fotos wieder ein, bedankte mich höflich für den dünnen Filterkaffee und saß zwei Minuten später wieder im Auto Richtung Düsseldorf.

Ein paar Monate später fand ich tatsächlich einen Verleih – und bekam die Förderung für die Postproduktion.
Und 2001, ein weiteres Jahr später, kurz vor der Kinopremiere, erhielt ich eine Einladung zu einem Gespräch bei der Filmstiftung.

Pünktlich und gutgelaunt erschien ich zum Termin. Doch das Treffen verlief anders, als ich es mir gedacht hatte. Man wollte die Förderung für meinen Film zurückziehen! Angeblich hatte ich verschwiegen, dass der Film von einer Privatfirma finanziert wurde. Und das sehen die Statuten der Filmstiftung nicht vor.
Als ich erschöpft, aber optimistisch, meine Position gut verteidigt zu haben, aus dem Gespräch mit der Filmstiftung kam – jedoch völlig ahnungslos, ob ich nun bis ans Ende meines Lebens pleite war –, schaltete ich mein Handy an. Ich hatte ein paar SMS bekommen, alle mit prinzipiell demselben Inhalt: «Der 3. Weltkrieg hat begonnen!»
Es war der 11. September 2001.

Solche Tage vergisst man nicht – man hört sie, sieht sie, schmeckt sie, wann immer sie einem in den Sinn kommen. Man erkennt sie sofort in diesem ganzen Trubel, der sich Erinnerung nennt, ein Leben lang.
Dabei wollte ich doch nur einen Film machen: bunt, lustig und in Indien, in dem die Börsenmaklerin Marie-Eve, für die der Tag schon während des Zähneputzens mit dem Kauf und Verkauf von Aktien beginnt, erfährt, dass ihr Bruder in Indien vermisst wird. Trotz Flugangst reist sie nach Neu Delhi – und dort reiht sich eine Katastrophe an die andere. Der geplante Treff mit der Informantin platzt, auf der Fahrt ins Hotel überfährt der Taxifahrer fast eine Passantin – doch Marie-Eve erhält eine schriftliche Nachricht, wo sich ihr Bruder in Indien aufhält. So macht sie sich auf die Reise quer durch das Land, und ihr Weg wird immer wieder von der fast angefahrenen

Passantin gekreuzt, die sie wiederum mit anderen netten Menschen bekannt macht. So lernt Marie-Eve, ihr Handy auszuschalten und ein wenig gelassener durchs Leben zu gehen.

<u>14. Szene Straße, Taxi</u>

Marie-Eve ist gerade in Neu-Delhi angekommen und sitzt leicht erschöpft im Taxi, schaut aus dem Fenster.

Taxifahrer:	(freundlich) Had a nice trip, lady?
Marie-Eve:	Wie man's nimmt. Terrible!
Taxifahrer:	(lacht) Do you like India?
Marie-Eve:	(lacht energielos) Pfh.
Taxifahrer:	German?
Marie-Eve:	Yes.
Taxifahrer:	Germans are funny and have lots of money. How much money you have?
Marie-Eve:	You will get paid. Don't worry!
Taxifahrer:	(lacht) Never worry, always smile. Like a sun flower.

Die Straßen sind sehr belebt, man hört viel Hupen. Eben so, wie es in einer indischen Großstadt zugeht. Plötzlich macht der Fahrer eine Vollbremsung.

15:00 Uhr – Im Zug, kurz hinter Essen

Brrrrr, mir ist kalt, wenn ich an diesen heißen Dreh denke und dann aus dem Zugfenster schaue. Draußen schneit es immer noch. Es gibt im Deutschen so wunderbar poetische Beschreibungen von Schnee. Ich habe mal gelesen: «Die Nacht war nicht schwarz, sondern durchsichtig, weil sich der Schnee wie ein Abglanz von Taglicht verhielt.»
Das hat mir gefallen. Schnee taucht ziemlich oft auf, wenn man im Deutschen nach Bildern sucht. Schnee von gestern zum Beispiel, wenn man erklären möchte, dass etwas vorbei ist. Mal ist Schnee ein Symbol des Friedens, der Ruhe, der Reinheit, dann wieder den Tod bringend, mächtig, aber immer unschuldig. Der Schnee ist immer unschuldig, so habe ich es gelernt. Und wenn das nun falsch sein sollte, dann habe ich wohl nicht richtig aufgepasst.

In einem Deutschkurs Anfang der neunziger Jahre – einem von unzähligen Kursen «Deutsch als Fremdsprache» an

der Universität Köln – passte ich allerdings besser auf, als es meinem Lehrer lieb war.
Herr Rauschenbach, der Dozent, hatte den Ehrgeiz, alle Übungstexte für seine Schüler selbst zu schreiben, anstatt uns das Plusquamperfekt («Ich hatte getragen» oder «Es ist schade, dass er uns nicht hatte besuchen können») mit Hilfe der Vorlagen beizubringen, die für den Deutschunterricht für Migranten gedacht waren. Herr Rauschenbach hatte eben seine eigenen Vorstellungen. Seine Texte waren meistens sehr traurig, zumindest fingen sie immer so an:

Iphigenie liegt im Krankenhaus. Sie bekommt keinen Besuch. Die Familie ist weit weg. Iphigenie hat Krebs und weint den ganzen Tag. Sie möchte nach Hause.

Oder so:
Tarek sitzt auf der Straße. Keiner spielt mit ihm. In Tunesien hat er viele Freunde. In Deutschland ist er einsam, weil er die deutsche Sprache nicht beherrscht. Tarek möchte nach Hause.

Oder so:
Familie Üglükü sitzt im Wohnzimmer. Alle sind schweigsam. Sie möchten gerne Essen kaufen. Aber sie haben kein Geld. Familie Üglükü hat keine Arbeitserlaubnis. Alle wollen nach Hause.

Ich bemerkte, dass es Herrn Rauschenbach gar nicht darum ging, traurige Geschichten zu erzählen – er wollte uns

alle nach Hause schicken! Mir platzte der Kragen. Das passiert mir nicht oft, aber wenn, dann richtig.
Ich beschimpfte ihn mit allem, was mein deutscher Wortschatz hergab: «Altehackfresse, Dumm, Nazi, Pudelgesicht, petalino zozzo!»
Und Herr Rauschenbach beschimpfte mich. Und irgendwann sagte er der ganzen Klasse Dinge, die nicht in seinen Texten standen: «Spaghettifresser! Ihr nutzt doch alle den Sozialstaat aus! Ihr nehmt uns die Arbeitsplätze weg und liegt auf unsere Kosten im Krankenhaus!»
Warum Herr Rauschenbach dann ausgerechnet uns Deutsch beibringen wollte, erklärte er allerdings nicht.

Eigentlich komme ich aber recht gut mit meiner neuen Heimat klar – trotz Migrationshintergrund. Und dennoch habe ich manchmal das Gefühl, nirgendwo dazuzugehören. In Italien höre ich bisweilen von alten Freunden Sätze wie: «Devi sapere che da noi in italia» – «Du Auswanderer musst wissen, dass das bei uns in Italien so und so gemacht wird ... Bei uns in Italien isst man Salat nicht mit Zucker!»
Eine Frechheit – und das mir als Romer!
Andererseits bin ich hier in Deutschland dank meines charmanten, unverkennbar italienischen Akzents zweifelsohne immer ein Ausländer.
Ungerecht, aber leider unvermeidbar.
In einigen Punkten bin ich jedoch schon perfekt assimiliert; zum Beispiel, wenn es um korrekte Abrechnungen geht.
Bei der letzten Abrechnung für *Alles wegen Paul* hatte ich

nämlich festgestellt, dass ich bei den Kosten doch mehr eingespart hatte, als ursprünglich kalkuliert worden war. Ohne zu zögern, überwies ich den Differenzbetrag an die Filmstiftung zurück. Ich vermute, dass ich einer der wenigen, wenn nicht der Einzige, bin, der freiwillig bereits erhaltenes Geld an eine solche Institution zurückgegeben hat. Kurz davor war *Alles wegen Paul* übrigens in die Kinos gekommen, und wir hatten eine schöne Premiere in Düsseldorf gefeiert – mit den privaten Geldgebern. Und der Filmstiftung.

Ich schaue wieder aus dem Zugfenster – und sehe in der Ferne ein Reh. Nein, zwei! Viele! Im Schnee sind sie auch aus der Entfernung gut zu sehen. Meine Reaktion lässt auch die anderen im Abteil aufmerksam werden. Der Anblick, der nach Sekunden schon wieder vorbei ist, löst nicht nur bei der Omma, sondern auch bei dem bisher so ernst wirkenden Versicherungsvertreter Laute des Entzückens aus, die fast ein wenig kindlich wirken. Der afrikanische Hamburger lächelt mich in stillem Einverständnis an, und ich weiß genau, was er meint: Sie sind sentimental, die Deutschen, sentimentaler als jeder Italiener – wenn es um Kinder oder die Tiere des Waldes geht …

15:05 Uhr – Im Zug hinter Essen

Die deutsche Sprache mit all ihren Hürden hat mich wirklich schon in unglaubliche Situationen gebracht. Als ich vor Jahren mit einem Redakteur zusammensaß, um zukünftige Projekte zu planen, wurde mir ziemlich schnell klar, dass dem armen Kerl niemand gesagt hatte, was ihn erwartet – ein Italiener, der versucht, als Drehbuchautor in Deutschland Fuß zu fassen. Wir sprachen auch über ein paar private Themen, und er fragte mich höflich, ob ich Geschwister hätte.

«Klar», antwortete ich wie aus der Pistole geschossen, «drei Bruder und ein Schwanzer!»

Stille.

Der arme Mann verabschiedete sich überstürzt mit verwirrtem Gesichtsausdruck, und ich erfuhr erst sehr viel später, warum er nicht mehr über meine Brüder und meine Schwester wissen wollte …

Ein anderes Mal war ich auf dem Weg nach Wuppertal, um dort das Videoband von *Alles wegen Paul* bearbeiten zu lassen. Die vielen Autobahnen im Ruhrgebiet sind auch für Einheimische verwirrend – und erst recht für Italiener. Navigationssysteme waren für mich zu dieser Zeit noch Science-Fiction, und irgendwann hatte ich mich total verfahren. Ich hielt auf einem Rastplatz und rief den Techniker in Wuppertal an, um mich nach der richtigen Ausfahrt zu erkundigen.

«Wie heißt denn der Rastplatz?», fragte er mich, aber ich konnte es ihm nicht sagen.

«Da ist irgendwo ein Schild, auf dem der Name steht. Schau dich mal um!» Der Techniker war sich da ganz sicher. Ich nicht.

«Aber da muss ein Schild sein, auf allen Raststätten ist ein Schild. Ganz bestimmt!»

Die Stimme am anderen Ende der Leitung duldete keinen Widerspruch. Ich blickte mich um und sah endlich das einzige Schild weit und breit.

«Ja, da ist eins!», rief ich, erleichtert, einen Hinweis gefunden zu haben. Und ich las das Schild laut und deutlich vor, ohne weiter darüber nachzudenken: «Rastplatz bitte sauber halten.»

Die Verwirrung war komplett, der Techniker prustete laut, und nach einem weiteren erfolglosen Kommunikationsversuch legte ich schließlich auf und fuhr einfach weiter. Nach Abstechern, die mich erstmals in meinem Leben ins schöne Sauerland führten, fand ich meinen Weg nach Wuppertal dann doch noch.

Einige Wochen später traf ich bei einer Veranstaltung den Schauspieler Dominique Horwitz. Wir stellten uns einander vor, als er plötzlich laut zu lachen anfing: «Du bist doch der mit ‹Rastplatz bitte sauber halten›. Wir konnten es kaum fassen, als wir die Geschichte gehört haben!»

Woher er sie kannte, wollte er mir allerdings nicht verraten.

Draußen rauscht Wattenscheid an mir vorbei, ohne einen bleibenden Eindruck zu hinterlassen – was nicht an Wattenscheid liegt, sondern an meiner Technik.

Mein Stresspegel steigt nämlich wieder drastisch an, als ich auf meinem Notebook versehentlich einen falschen Knopf drücke.

Ich habe die Datei mit der finalen Drehbuchversion gelöscht!

Mit zitternden Fingern öffne ich die mit Abstand segensreichste Erfindung der modernen Datenverarbeitung – den Papierkorb. Ohne dieses kleine Ding auf meinem Bildschirm wäre ich längst in einer geschlossenen Anstalt. Gerüchtweise habe ich gehört, dass man die Funktion auch abschalten kann; aber schmeiße ich den Rettungsring weg, wenn ich ertrinke?

Puh, da ist sie ja, die Datei ...

Ich bin nervös. Hey, was ist los mit dir, Blunagalli? Wenn einer auf der sicheren Seite ist, dann du! Du bist vorbereitet, hast alle Möglichkeiten bedacht – du läufst nicht in ein offenes Messer wie damals bei der Filmstiftung! Erinnere dich, was du in Indien gelernt hast – und versau dir dein Karma nicht!

Ich schließe wieder die Augen, versuche, mich zu entspannen und erinnere mich an die Show *WarmumsHerz*, bei der von versautem Karma bis zu höchster Glückseligkeit alles drin war.

Mitte der neunziger Jahre wollte ich mit der Unterstützung des WDR ein neues Format ausprobieren. Mit der Sendung *WarmumsHerz* sollten kleine Hilfsorganisationen und Menschen unterstützt werden, die viel Liebe, Zeit und Arbeit für einen guten Zweck investierten. Einer Frau, die für arme Kinder Kleider und Spielzeug sammelte, schenkte der Sender eine Show in ihrer eigenen Wohnung – mit kleinem Publikum und allen Stars, die sie schon immer mal gerne getroffen hätte.

Einer dieser Stars war Milva.

Ihr hitziges Temperament ist ebenso legendär wie ihre kraftvolle Stimme. Bekanntlich ist Milvas Deutsch in ihren Liedern am besten – ansonsten spricht und versteht sie kaum ein Wort dieser Sprache.

Also schlug nun die Stunde des einzigen Italieners im Team: Wer sollte Milva vom Flughafen abholen, wenn nicht ich?

Ich stand also mit meinem charmantesten Lächeln und einem sehr schönen, sehr teuren Blumenstrauß am Flughafen.

Und da war sie – Milva. Ganz Diva, ganz Star.

Ich hielt ihr den Blumenstrauß unter die Nase und begrüßte sie: «Buona Sera Signora Milva Benvenuta a Kol…»

Leider kam ich nicht mehr dazu, meinen Satz zu beenden, weil mich die Diva rüde unterbrach: «Ho l'allergia al Polline, mi tolga questi fiori da sotto il naso, per fa-

vore!» – «Ich habe eine Pollenallergie, bitte nehmen Sie die Blumen da weg!»
Das fing ja gut an.

Auf dem Weg ins Studio, also die Wohnung, bemerkte ich, dass Milva überhaupt nicht informiert worden war. Sie hatte keine Ahnung, wohin wir fuhren und wo sie auftreten würde. Eine Sängerin, die in den größten Hallen überall auf der Welt die Menschen begeistert hatte! Also versuchte ich vorsichtig, sie auf das vorzubereiten, was sie erwartete.

Ich erklärte ihr erst das Konzept der Sendung, sagte ihr, wie wichtig sie dabei sei und dass sich alle freuten, sie singen zu hören. Über die Örtlichkeit schwieg ich bis kurz vor unserer Ankunft und bangte: Würde sie auf dem Pfennigabsatz kehrtmachen und zurückfliegen?

Milva stieg aus dem Auto, sichtlich irritiert. Mamma mia. Doch dann … fand sie die Idee toll und war mit viel Begeisterung dabei! Vielleicht mit ein wenig zu viel Begeisterung. Sie sang mit einer Inbrunst und Leidenschaft in dem engen Wohnzimmer, als wolle sie auch noch die letzte Reihe der Mailänder Scala erreichen …

Da die unfreiwillige, aber begeisterte Gastgeberin unserer Show ein Krimifan war, inszenierten wir auch einen kleinen Mord in ihrer Wohnung. Es traf die Regieassistentin, die plötzlich vor aller Augen tot umfiel. Und Milva, die dank Sprachbarriere nichts mitbekommen hatte, beinahe gleich mit.

«E' morta, e' morta» – «Sie ist tot, sie ist tot», schrie

Milva mit schreckgeweiteten Augen und stupste die vermeintliche Leiche immer wieder mit ihrem Fuß an. Als die tote Assistentin dann endlich wieder aufstand, war Milva vollends verwirrt.
Ich glaube, sie wird sich an dieses ganz normale deutsche Wohnzimmer lebhafter erinnern als an manchen ihrer ganz großen Auftritte.

In einer anderen Folge von *WarmumsHerz* feierten wir auf einem Schiff einen Mann, der sich aufopferungsvoll um russische Flüchtlinge kümmerte. Und auch hier hatten wir tolle Gäste: die Toten Hosen, Gotthilf Fischer, Günther Jauch – und viel mehr Publikum, 150 Leute. Hans-Peter kam raus, begrüßte die Zuschauer, feuerte eine Mörderpointe nach der anderen ab – fanden wenigstens wir Autoren, die sie geschrieben hatten –, und keiner klatschte. Es lachte auch niemand. Einige kicherten, andere grummelten unverständlich. Das Publikum war offensichtlich ratlos, der Moderator auch und wir Autoren sowieso. Als eine technische Panne uns zwang, eine Pause zu machen, erkundigten wir uns, was für Leute da saßen.
«Sind alle gerade gestern aus Russland angekommen und sprechen leider noch nicht so gut Deutsch – aber sie sind echt ganz nett und total lernfähig», war die Antwort des Aufnahmeleiters, der seine Schwierigkeiten mit den netten Leuten schon hinter sich hatte.
Uns blieb nur, Schaulustige, die sich draußen gesammelt hatten, unter das russische Publikum zu mischen, um zumindest ein paar Reaktionen zu bekommen. Ich glaube, die Sendung wurde nie ausgestrahlt.

Als die Pressemitteilung zu *WarmumsHerz* erschien, waren bereits drei oder vier Sendungen aufgezeichnet. Und kurz darauf hatten wir ein Einschreiben eines Anwalts auf dem Tisch. Eine nicht unbedeutende und sehr erfolgreiche holländische Produktionsfirma warf uns vor, ihnen das Konzept geklaut zu haben, und sie drohten uns eine Klage wegen Verletzung des Urheberrechts an.

Da die Idee zu *WarmumsHerz* meine war, richteten sich alle Blicke auf mich. Was hatte der Herr Blunagalli da bloß wieder angestellt!? Die gedrehten Folgen wurden konfisziert, um vom Richter gesichtet und mit dem vermeintlichen Original verglichen zu werden. Der Verhandlungstermin war vier Wochen später – und im Unterschied zum Meeting mit Herrn Endruweit hatte ich nicht die Wahl, einen früheren zu nehmen!

Ich quälte mich also von «Die haben sie nicht mehr alle!» über «Ich weiß doch, dass ich die Idee selber hatte!» über «Wieso ausgerechnet ich?» – der Albtraum jedes Autors. Vier schlaflose Wochen lang grübelte ich, saß untätig da und wartete in Panik darauf, was ein Richter, der wahrscheinlich nicht mal Arte guckte, zu unserer kleinen Unterhaltungssendung sagen würde.

Dann kam der große Tag. Ein Richter mit dicker Brille und eindrucksvollen blauen Augen betrat den Verhandlungsraum. Wir erhoben uns alle, und schon redete er: «Es gibt keine Relation zwischen den beiden Sendungen, wobei ich sagen muss, dass die Sendung *WarmumsHerz* wesentlich besser ist als die holländische Variante. Die Kosten des Verfahrens gehen zu Lasten des Klägers, die Verhandlung ist geschlossen.»

Eine Last von der Größe des Montblanc fiel von mir ab. Ich hatte es gewusst! Und von einem Richter bestätigt zu bekommen, dass ich nicht abgekupfert hatte, war ziemlich beruhigend.

15:12 Uhr – Im Zug, Bochum Hauptbahnhof

Während der Einfahrt in den Bahnhof sehe ich gedankenverloren aus dem Fenster. Madonna mia, es schneit wie verrückt heute, scheint gar nicht mehr aufzuhören. Ich kann kaum die Schriftzüge der Geschäfte jenseits der Gleise und dem Bahnhofsvorplatz erkennen. Eines könnte ein Elektroladen sein. Ein Mann steht davor, gänzlich unberührt vom dichten Schneetreiben und von der Truppe junger Mädchen, von denen jetzt mehrere gleichzeitig ausrutschen und sich kreischend festhalten.

Im Schaufenster läuft ein Fernseher. Der Mann steht noch immer wie gebannt davor. Fast könnte es Norbert Krabbe sein, mein Protagonist in *Ein Mann, ein Fjord*, ein arbeitsloser Kaufmann mit Hang zu Teleshopping, Preisausschreiben und Call-in-Gewinnspielen. Er lebt zusammen mit seiner Frau Birgit und seiner Tochter Ute, einer Kfz-Elektrogesellin, in Wanne-Eickel. Wanne! Das Wort und den Ort kannte ich. Und so war der Schauplatz für die erste Szene des Drehbuchs gefunden – eine meiner Lieblingsszenen, die eben vor genau so einem Elektroladen spielt.

BILD 6. Straße Wanne

Norbert läuft die Straße entlang. Er geht zu einem Postkasten und wirft Briefe ein. Danach klopft und spuckt er dreimal auf den Briefkasten.

Norbert: (in den Schlitz): Toi, toi, toi.

Norbert dreht sich um. Hinter ihm das Schaufenster eines Elektrogeschäftes, mit Dutzenden von Fernsehgeräten. Über die Bildschirme flimmert eine Spielshow. Auf der Straße ist der Ton nicht zu hören. Dennoch erkennt Norbert, wie die gutaussehende Moderatorin versucht, die Zuschauer zum Mitspielen zu bewegen. Auf den Bildschirmen sind eine Hotline-Nummer und ein Worträtsel eingeblendet. Die Buchstaben M – N – D – U müssen in die richtige Reihenfolge gebracht werden. Währenddessen macht die Moderatorin wilde Kussbewegungen Richtung Zuschauer. Die Lösung ist offensichtlich MUND.

Norbert äfft die Kussbewegungen nach und überlegt. Das Handy hat er nun in der Hand.

BILD 7. Bad Krabbe Innen/Tag

Birgit liegt in der Wanne und glotzt auf den laufenden Fernseher. Sie löst das Rätsel.

Birgit: Mund!

BILD 8. Straße Wanne Innen/Tag

Norbert, der das nun auch begriffen hat, zückt sein Handy und wählt mehrere Male die Telefonnummer. Er kommt durch. Die Fernsehmoderatorin scheint mit ihm zu reden.

Norbert: Ja? Hallo. Norbert ist hier.

BILD 9. Bad Krabbe Innen/Tag

Birgit legt ihren Kopf schief und verzieht ihr Gesicht.

Norbert: Aus Wanne!
Birgit: Norbert!?

BILD 10. Straße Wanne Innen/Tag

Norbert klebt an der Schaufensterscheibe.

Norbert: Sicher. Die Lösung heißt: MUND!

Die Moderatorin rastet vor Freude schier aus.

BILD 11. Bad Krabbe Innen/Tag

Fernseher Küche.

Moderatorin: Toll, das sind 400 Euro.

Birgit: Schwupp! Klasse.

Moderatorin: Setzen Sie diesen Gewinn, und spielen Sie um den 50 000 Euro-Jackpot?

Birgit: Um Gottes willen, bloß nicht, Norbert.

BILD 12. Straße Wanne Innen/Tag

Norbert: Klar. Ich spiele weiter.

BILD 13. Bad Krabbe Innen/Tag

Birgit: Nein.

Moderatorin: Es wird ein bisschen schwieriger. Jetzt kommt unser Bilderrätsel. Zwei Gegenstände male ich jetzt auf, und Sie bilden daraus ein Wort, klar?

BILD 14. Straße Wanne Innen/Tag

Norbert: Klar. Das kenne ich!

Die Moderatorin setzt mit einem dicken Stift an, etwas an eine Tafel zu malen. Kaum hat sie den ersten Strich gemalt, wechselt das Fernsehbild. Norbert sieht einen Verkäufer, der mit einer Fernbedienung herumspielt und mit einem Kunden spricht: Horst Schlämmer. Norbert trommelt gegen die Scheibe.

BILD 15. Bad Krabbe Innen/Tag

Die Moderatorin hat das Bild fertig gemalt. Man erkennt eindeutig Wasserwellen und einen Eimer.

Moderatorin: Die Zeit läuft. Und wie heißt das Wort?
Birgit: (strahlend) Wasser-eimer.
Norbert: Moment. Das ist jetzt gerade schwierig.
Birgit: Komm, Norbert, das weißte!
Norbert: Könnten Sie mir das Bild mal beschreiben?
Birgit: Was? Das kann jeder Idiot.

BILD 16. Straße Wanne Innen/Tag

Der Verkäufer und Horst Schlämmer reagieren nicht auf Norberts Klopfen. Sie zappen wild weiter und bleiben bei einer Dokumentation über Igel hängen.

Norbert: Bitte helfen Sie mir! Warum nicht? Irgendwas mit 'nem Igel?

15:21 Uhr – Im Zug, Dortmund Hauptbahnhof

Der nächste Bahnhof. Hier im Ruhrgebiet halten selbst die ICEs alle Viertelstunde. Es herrscht Gedränge auf dem Gang. Menschen mit viel Gepäck schieben sich in dicken Wintermänteln langsam voran.

Bis jetzt blieb unser Abteil verschont; zwei Plätze sind immer noch frei – taktisch klug belegt durch unsere Jacken.

Klug? Mal ehrlich: Den Trick versucht jeder. Er ist nicht besonders clever. Und trotzdem funktioniert er – außer, jemand hat eine Reservierung, so wie ich.

Von draußen höre ich die Ansage: «Zurückbleiben! Türen schließen selbsttätig.»

Endlich, die Reise geht weiter. Ich schaue auf meine Uhr. Keine Panik – wir sind pünktlich. Kaum lehne ich mich entspannt zurück, nehme ich im Augenwinkel wahr, wie sich die Tür öffnet.

«Pardon, ist dieser Platz noch frei?» Ich blicke auf, sehe in das attraktive Gesicht einer jungen Frau und antworte charmant mit «Oui», als der junge Deutsch-Afrikaner schon aufspringt und ihr seinen Platz am Gang anbietet. Die brünette Französin ist einen Moment verblüfft und verunsichert. Dann setzt sie sich lächelnd auf den Platz neben die Omma und den inzwischen wieder schlafenden Versicherungsvertreter. Das ist wirklich schlau, denke ich – von dem Platz aus hat die junge Frau gleich zwei Männer im Visier. Was mag sie für ein Mensch sein?

Ich erinnere mich an das alte Spiel: Was sind das für Menschen, die in meinem Zug sitzen? Die meisten Leute in deutschen Zügen kann man nicht gut einschätzen, aber diese Frau ist ja aus Frankreich.

Mademoiselle hat keinen Rucksack, wie es eigentlich für ihr Alter typisch wäre, sondern einen Koffer und eine Reisetasche, sehr fein und sehr alt, aus Segeltuch, dass durch seine schmutziggraue Farbe nur noch edler wirkt. Auch die Kleidung wirkt ausgesucht. Wie sie die Füße setzt ... wahrscheinlich hat sie mal Ballett getanzt oder tut es noch.

Jetzt spinnst du, Blunagalli! In diesem Moment spricht der nette Hamburger sie an – und fragt sie, ob sie auch nach Hamburg fährt. Sofort plappert sie los: «Ja, ich habe eine Tante besucht, daheim in Belgien, und jetzt muss ich zurück, weil ich Verkäuferin in einem Ein-Euro-Laden bin und meinen Job auf keinen Fall verlieren will!»

Na toll.

Eigentlich sah die Tasche bei näherer Betrachtung gar nicht so edel aus. Aber tanzen tut sie bestimmt!

15:33 Uhr – Im Zug, Dortmund

Wir verlassen Dortmund. Durch das dichte Schneetreiben schaue ich auf die langsam vorbeiziehende romantisch verzierte Silhouette der Stadt.

Gut, diese Beschreibung passt besser auf Venedig, aber wir Italiener sind ja begeisterungsfähig, besonders, wenn wir aus Rom kommen und es um Schnee geht. Und seien wir ehrlich: Im Schnee sieht auch ein Atomkraftwerk ein kleines bisschen romantisch aus. Dortmund besitzt kein Atomkraftwerk und wirkt deshalb geradezu pittoresk.

Die Omma hat ihren Roman ausgelesen, seufzt, hustet und wendet sich sofort einem anderen Kick zu. Sie klaubt zwei dicke Bündel kleiner Kärtchen aus ihrer Geldbörse, die mit einem Gummiband zusammengehalten werden. Es sind Rubbellose. Noch nie habe ich bei einem einzelnen Menschen so viele Rubbellose gesehen! Das ist so, als würde man in eine Kneipe gehen, zehn Bier auf einmal bestellen und dann in aller Seelenruhe anfangen, sie auszutrinken.

Genau das macht unsere Omma jetzt sozusagen. Zuerst

legt sie sorgsam und offensichtlich nicht zum ersten Mal eine große weiße Serviette auf ihren Schoß, dann sucht sie sich einen schönen Euro als Rubbler aus ihrer Börse, nimmt das erste Los, legt es auf ihr zerfleddertes Romanheft, das wiederum auf der Serviette ruht, und rubbelt. Auch die anderen im Abteil haben mitgekriegt, was da abläuft. Los um Los rubbelt die alte Dame auf, legt es auf das kleine Tischchen unter dem Fenster und nimmt sich das nächste vor. Langsam bedeckt schwarze abgerubbelte Rubbellosmaterie die ehemals weiße Serviette. Die Stimmung im Abteil ist so gespannt wie eine neapolitanische Wäscheleine, als die greise Losbesitzerin fragt, ob wir ihr helfen können. Natürlich können wir! Eins ist klar – diese Frau will gewinnen. So wie Norbert Krabbe …

BILD 4. Centrokaufhaus

Centrokaufhaus, Informationsstand. Norbert und Ute warten.
Die Verkäuferin Waltraut Schwarz-Ebershagen ist im Gespräch mit Horst Schlämmer. Über ihr hängt ein Schild: ENGLISH IS SPOKEN.

Waltraut: Nein, das geht nicht. No way!

Horst Schlämmer: Schätzelein, du machst mich gerade verrückt. Jetzt bin ich extra aus Grevenbroich gekommen.

Waltraut: Sie können dieses versiffte Herrenhandtäschchen doch nicht nach zwei Jahren umtauschen!? Sorry!

Horst Schlämmer: Wieso «versifft»? Dat bisschen Gebrauchsspuren, die is doch wie neu is die ...

Horst Schlämmer sinkt unter Waltrauts strengem Blick in sich zusammen und verlässt bedröppelt den Stand. Waltraut wendet sich lustlos Norbert und Ute zu.

Norbert: Guten Abend, ich möchte diesen Gewinngutschein einlösen. Ich hab gewonnen!

Waltraut: Ausweis!

Norbert überreicht ihr beides. Sie vergleicht das Foto mit Norbert und liest die Daten.

Waltraut: (stöhnt genervt) Wanne!

Sie holt einen verpackten Römertopf und knallt ihn auf die Theke.
Norbert packt vorsichtig aus. Ute durchsucht den Karton.

Ute: Und der Deckel!?

Dem Topf fehlt der Deckel. Norbert ruft Waltraut zu sich.

Norbert: Entschuldigung, ich glaub, da ist gar kein Deckel dabei.

Waltraut: Sie haben einen Römertopf gewonnen, keinen Römerdeckel, den müssen Sie dazukaufen, kostet 30 Euro.

15:45 Uhr – Im Zug zwischen Dortmund und Münster

Römertopf» ist inzwischen eines meiner Lieblingsworte geworden. Liegt das vielleicht daran, dass ich Romer bin? Obwohl es diesen Begriff im Italienischen gar nicht gibt – und der Römertopf schon gar kein Römer ist und Italiener auch nur ursprünglich. Genau gesagt ist er ein Toskaner, also quasi ein Bologneser, denn schon die alten Etrusker umhüllten ihr Fleisch mit Lehm und legten es direkt in die heiße Asche. Tausende Jahre später wurde das praktische Tongefäß dann auf der Hannover-Messe vorgestellt. Hannover? Nun, ein Romer liest und schweigt, manchmal jedenfalls.

Ehrlich gesagt weiß ich auch nicht, woher die «Spaghetti Bolognese» kommen – aus Italien jedenfalls nicht, auch wenn viele Menschen felsenfest davon überzeugt sind, dass wir die «Bolognese» schon als Babys aus dem Fläschchen bekommen. Erstens würden diese hierzulande so beliebten Hackfleischreste sofort den Schnuller verstopfen, und zweitens wüssten die italienischen Mütter gar nicht, was diese «Bolognese» denn genau ist. Es gibt sie

einfach nicht! Genauso wenig wie «Spaghetti Corleone» aus blauen Bohnen. Bei uns heißt die «Bolognese» ganz schlicht «Ragout» oder «Ragu». Trotzdem habe ich mal den Römertopf und den nur scheinbar italienischen Begriff «Bolognese» zusammengebracht und mir ein leckeres Rezept ausgedacht. Vielleicht sollte ich irgendwann mal alle meine Rezepte zusammenstellen.

Meine Mitreisenden und ich sind wie im Fieber. «Unsere» abgerubbelten Lose stapeln sich auf dem kleinen Abteiltisch unter dem Fenster. Mittlerweile ist auch der Vertretertyp aufgewacht und schaut fasziniert zu. Die Omma dagegen bleibt völlig cool.

«Isch hab mal 5000 Euro jewonnen – mit einem Los! Un jetz hör isch ers dann auf, wenn die verspillt sin! Isch brauch dat Jeld nit, isch hab ja meine Rente.»

Deshalb nimmt sie es auch gelassen, als keines der Lose auch nur einen Cent Gewinn gebracht hat. Seitdem sie rubbelt, hustet sie auch nicht mehr.

Der Versicherungsvertreter hat mitgezählt: «Das waren über 250 Stück!»

Langsam weicht die Spannung im Abteil einer freundlichen Verblüffung. Wir unterhalten uns. Und die hübsche Belgierin fragt mich, was ich so mache. Ich lüge in der Hoffnung, dass sie nicht weiterfragt: «Ich bin Bauingenieur!»

Das lässt ihr Interesse sofort erlöschen.

Ich kann einfach nicht mit jedem über meinen Job beim Fernsehen sprechen; es ist mir manchmal einfach zu pein-

lich oder zu anstrengend, jedem zu erklären, mit wem ich zusammenarbeite oder was ich da genau tue.
Neulich war ich beim Friseur, und das Mädchen, das mir die Haare schnitt, plapperte ohne Pause über jedes erdenkliche Thema – auf Düsseldorfer Platt, ohne Punkt und Komma. Da dies eine der wenigen Situationen im Leben eines Menschen ist, in der man nicht abhauen kann, musste ich alles über mich ergehen lassen. Nicht mal Kopfschütteln war drin!
Als die junge Friseurin sich gerade darüber begeisterte, wie toll meine grauen Haare wären, dass das bei jüngeren Männern ja besonders super aussähe, und ihr Lieblingsschauspieler Sky Du Mont sei, der ja die tollsten grauen Haare überhaupt habe, kam endlich meine Chance, auch mal was zu sagen:
«Weißt du, Mirja, Skys Frau, hat ihm beim Dreh von *Samba in Mettmann* vorgeschlagen, er solle sich die Haare so kurz wie ich schneiden lassen und dass sie ihm bestimmt genauso fabelhaft stehen würden wie mir.»
Die Friseurin sah mich an wie einen Außerirdischen.
«Hm, Mirja, na sicher.»
Das waren die letzten Worte, die sie zu mir sagte. Kein Zweifel; sie hielt mich für einen peinlichen Angeber. Jeder Versuch meinerseits, die Unterhaltung fortzusetzen, wurde kurz und einsilbig unterbunden. Diese und andere Erfahrungen lehrten mich, über meine Arbeit zu schweigen.
Vor allem erspare ich mir, zu erklären, dass ich Autor bin, um nicht die unausgesprochenen Fragen in den ungläubig aufgerissenen Augen lesen zu müssen: «Was?! Der kann doch nicht mal richtig Deutsch!»

Manche Leute sind tatsächlich fassungslos, dass ich nach all den Jahren noch immer so ein, sagen wir mal, anspruchsvolles Deutsch spreche. Dabei kenne ich die Grundlagen der Grammatik fast in- und auswendig! Leider sind sie mir meistens zu eng, und ich komme einfach nicht dazu, sie in meinem Alltag zum Einsatz zu bringen. Das liegt sicherlich auch an meinem Charakter: Ich bin schnell und immer aufgeregt, und zu meinem Tempo passen die Regeln schlichtweg nicht. Wenn ich schnell reagieren muss, verheddere ich mich zwischen Verb und Substantiv – und bin gefangen im Wirrwarr der deutschen Sprache.
So wie Carla Santoro, eine Figur aus *Amore und so'n Quatsch*. Die Rechtsanwältin lebt seit Jahrzehnten in Berlin, aber ihr Temperament und ihre Aussprache sind und werden immer italienisch bleiben.

BILD 19. Büro der Rechtsanwältin Carla Santoro

Carla: Doppelt, doppelte, verkauft?

Ein kleines chaotisches Büro mit einer beleuchteten, blinkenden Madonna im Regal. Vor dem kleinen Schreibtisch sitzen Marion und Max, ihr schwuler «Zwangsmitbewohner» – man könnte meinen, nun sind die beiden auf dem Standesamt.

Carla: De Wohnung doppelte verkauft? Also ik habe als Recksanwältin schon so manche Klops gelebt, aber des is de Ober-, Ober-, Ober-Klops.

Carla holt kurz Luft.

Carla: Und keine von euche is auf de Idee gekomme, Schufa-Auskunft zu olen? Oder Grundbuchauszug? Jeder Italiener weiße das – gehs du nich' einmal, gehs nich du zweimal, gehs dreimal auf de Grundbuchamt! Unte selbst dann weisse noch imma gar nixe uber de wirkliche Besitzverhältnisse!!!

Marion und Max sehen sich betreten an.

Carla: Mäxchen, für jede Quark befragst du de Sterne ...

Max: Carla, ich habe einen Sechstil-Transit, das heißt, der Merkur ist in der gesamten Radix ausgewogen! Das heißt, bei mir is alles in bester Ordnung! Und sag' nich Mäxchen zu mir!

Carla wendet sich genervt an Marion.

Carla: Was mache Se beruflich?

Marion: Krankenschwester.

Max: Oh, Gott, auch das noch: Helfersyndrom ... dann bist du wahrscheinlich mein Neptunaspekt im fünften Haus.

Jetzt wendet sich Marion neugierig an Max.

Marion: Und was machen Sie eigentlich beruflich?

Max fühlt sich ein wenig ertappt.

Max: Selbständig!

Carla: Also, Kinder, das wird eine lange Gerichtsverfahren. Die beide, also, das Ehepaar Scharper, wenn die schlau sind – und das scheine sie ja im Gegensatz zu ander zu sein –, da sind se längst uber alle Berge geturmt.

Carla, die die ganze Zeit ihre Brille auf dem Haar trägt, steht auf, um ein Gesetzbuch aus dem Regal zu holen. Sie läuft ungebremst auf eine Stehlampe zu und schmeißt sie um. Dabei rutscht ihre Brille auf die Nase. Carla reagiert wenig überrascht, rückt nur ihre Brille gerade und stellt die Stehlampe mit dem kaputten Lampenschirm wieder auf.

Carla: So, hier kommt: Steht in BGB könnt' er Ersatzanpruche geltend mache, abe dafur muss man finde de Verbrecher und de ware gute Tricksbetruger. Wahrscheinlich Italiener. Ach so ne, sind se ja Berliner der Scharper und seine Frau.

Max: Ach herrje, 250 000 Euro in den Sand gesetzt!

Marion: Na, 285 000 Euro – hob' i g'zahlt. Meine gesamte Erbschaft.

Carla: Madonna!

Mittlerweile sitze ich schon eine ganze Weile in diesem Zug; es wird Zeit für ein bisschen Bewegung.
Ich verlasse unseren Waggon und gehe Richtung Bord-Bistro.
Als die automatische Tür sich öffnet, weht mir eine Wolke schlechter Luft entgegen. Und schon fühle ich mich wie Peter Schlönzke, als er in unserem Kinofilm *Kein Pardon* zum ersten Mal das Studio der Show *Witzigkeit kennt keine Grenzen* betritt.
Sofort drehe ich mich um und gehe schnurstracks in mein Abteil zurück.

BILD 23. Fernsehstudio Kabel I

Peter öffnet die große Pforte zum Studio. Ein leiser Wind weht ihm entgegen, und ein Engelsgesang summt: «Witzischkeit kennt keine Grenzen.» Die Dekoration der Sendung ist von leichtem Nebel umgeben. Schließlich wird Peter jäh aus dieser Traumkulisse herausgerissen, und von hinten packt ihn jemand am Kragen und brüllt.

Aufnahmeleiter: (brüllt) Du bist zu spät, du Dödel!

Der Aufnahmeleiter zerrt ihn ins Studio zu zwei Punks, die genau wie Peter als Kabelhilfen eingestellt wurden.

Aufnahmeleiter: Regie, Studio ist jetzt fertig.

Peter begrüßt die anderen Kabelhilfen.

Peter: Hallo, ich bin der Peter, ich bin neu hier.

Der erste Punker zeigt ihm das «Fuck»-Zeichen.

Peter: Was heißt denn das?

Punk: Ich könnt dich küssen, heißt dat.

Bertram: So, alle auf Anfangsposition. Kabelhilfen abzählen.

Punk 1: Eins.

Punk 2: Zwei.

Peter zögert, Aufnahmeleiter gibt ihm ein Handzeichen.

Peter: Drei.

Aufnahmeleiter: Der Dödel geht an die Kamera 3.

Bertram: Ich erwarte von allen Beteiligten Aufmerksamkeit, Konzentration, Gehorsam und totale Hingabe an das Produkt.

Peter geht an die Kamera 3 und begrüßt den Kameramann mit dem «Fuck»-Zeichen.

Peter: Hallo, ich bin der Peter.

Der Kameramann sieht sich nicht einmal um.

Kameramann: Nimm dat Kabel zwischen de Pfoten und halt die Klappe.

Bertram: Begrüßt jetzt alle mit mir unseren Hauptdarsteller, unseren Moderator Heinz Wäscher.

Heinz Wäscher tritt auf die Bühne, es folgt ein ganz lahmer Applaus im Studio. Peter ist der Einzige, der wie wild klatscht und immer ruft.

Peter: Woohooo!

Die Punker sehen Peter schon recht schräg an.

Heinz: Ich hab aber net viel Zeit, gell, wir müssen uns heute bisschen beeile, weil ich hinterher noch 'ne Autogrammstunde in 'nem Supermarkt hab. Lass uns den Käse einfach mal schnell durchkurbeln. Dabei entdeckt er eine neue Balletttänzerin, geht auf sie zu.

Bertram: Selbstverständlich, Heinz, wir müssen hier noch ganz kurz was klären, hier oben in der Regie, gell.

Heinz Wäscher streckt der Tänzerin die Hand entgegen, sie streckt ihm ihre Hand entgegen, und dabei grapscht er fast unbemerkt ihren Busen an. Man sieht Peters Reaktion.

Bertram: Also, ich würde sagen, der Lustige Glückshase tritt in der zweiten Hälfte des ersten Refrains in Aktion. Was meinst du, Walter?

Walter: Ja, an sich schon, haben wir meistens so gemacht, aber oft auch net. Denkbar wär auch, der Lustige Glückshase käme praktisch als Überraschung erst gegen Ende des zweiten Refrains. Muss aber net. Kann aber. Obwohl, also ich waas es net.

Bertram: Gut, Doris, was machen wir'n?

Doris: Du, seit 20 Jahren kommt der Lustige Glückshase immer in der zweiten Hälfe des ersten Refrains. Warum soll er denn woanders kommen? Lassen wir ihn doch einfach da rauskommen, wo er immer rauskommt. Das ist doch das Einfachste. Also, irgendwie, ich muss

sagen, das ist doch alles,
es ist doch alles irgendwie
Wahnsinn.

Doris bekommt einen ihrer ganz fürchterlichen Anfälle.
Karin kommt hinzu.

Katrin: Käffchen?
Doris: Alles Wahnsinn, es ist alles so sinnlos, was wir hier machen, so vollkommen sinnlos.
Karin: (brüllt) Doris!
Bertram: Gut, dann bleibt's so, wie es ist. Heinz, entschuldige, es geht los.
Karin: Plätzchen?
Bertram: Ist der Lustige Glückshase auf seinem Plätzchen?

15:57 Uhr – Im Zug, Münster Hauptbahnhof

«Plätzchen?»

Ich schaue mich verwirrt um.

«Kekse?», präzisiert die attraktive falsche Französin mit dem entzückenden Akzent und bietet auch mir ein trockenes Bio-Biskuit an. Jetzt bemerke ich, dass die Omma und der gutaussehende junge Mann bereits zufrieden kauen. Der Versicherungsvertreter verpasst die kleine Mahlzeit – er schläft schon wieder …

Als der Produzenten-Titan Horst Wendlandt Hans-Peter Anfang der neunziger Jahre vorschlug, einen Kinofilm zu drehen, hatten wir spontan die Idee, eine satirische Geschichte über das Fernsehen zu machen. Darin wollten wir schildern, was wir in den letzten Jahren in dieser Welt so alles erleben, erleiden und erdulden mussten – und das filmische Ergebnis war noch untertrieben …

Klar, dass uns beim Drehbuchschreiben auch schnell all die absurden, komischen und unglaublich witzigen Anekdoten einfielen, die unbedingt in einen solchen Film hineingehören. Als es darum ging, einen knackigen Anfang zu finden, fiel mir das Zitat eines Redakteurs ein, das dieser wie ein Mantra wiederholte: «Man muss als Kabelhilfe anfangen, um die Fernsehbranche überhaupt zu begreifen.»

Eine deutliche Aussage, die damals allerdings für mich zu spät kam – ich war schon zu lange in dieser Branche. Dennoch beherzigte ich den Rat, in dem ich aus Peter Schlönzke – der Hauptfigur in *Kein Pardon* – eine Kabelhilfe bei Kanal 1 machte.
Und ich drehte meinen ersten Kinofilm sogar als Co-Regisseur.

Der französische Bio-Keks bleibt mir im Hals stecken. Ich bekomme einen Hustenanfall von den gesunden, reichhaltigen, aber allzu trockenen Ballaststoffen. Hektisch greife ich nach der Wasserflasche.
Ein paar Tropfen fallen auf meine Tastatur. Attenzione!
Aber zum Glück ist nichts passiert, und ich versuche, mich wieder zu entspannen.
Die Tür geht auf, und Bastian Pastewka kommt herein.
Ich will ihn gerade erfreut ansprechen, bin dann aber plötzlich unsicher, ob er es tatsächlich ist. Unsicher nicke ich ihm schließlich nur kurz zu, als er in die Runde grüßt.
Er besetzt den letzten freien Platz zwischen dem gutaussehenden jungen Mann und mir.
Ich grüble weiter: Ist er's, oder ist er's nicht? In der zweiten Klasse? Der Mann ist schließlich ein Star!
Ich werde ihn diskret aus dem Augenwinkel beobachten.

Die Entscheidung, *Amore* jetzt vorzuziehen und zu Ende zu schreiben, war nicht leicht; ich habe noch so viele andere prickelnde Ideen für Filme. Von einigen habe ich nur den Anfang geschrieben und dann wieder aufgehört, weil immer etwas anderes dazwischenkam.

Wir Drehbuchautoren sind ohnehin etwas seltsam, was die Bewältigung der Arbeit angeht. Manch einer brütet jahrelang über dem Film seines Lebens, ohne dass er je gedreht wird – und hinterlässt, wenn er in den wohlverdienten Ruhestand geht, ein Fragment von schmerzhafter Schönheit.

Wieder andere schreiben sich die Finger wund, weil sie einmal in der Woche ein Buch – oder sogar zwei – für eine Daily abliefern müssen und eine Familie zu ernähren haben. Andererseits gibt es Drehbuchautoren, die schrubben lieber Klos, als je für eine Daily auch nur ein Wort zu Papier zu bringen. Und manche lassen sich ständig von völlig anderen Dingen ablenken.

Ich gehöre zu der Sorte, die viele Stoffe gleichzeitig in Arbeit hat und jedes einzelne seiner Kinder von ganzem Herzen liebt. Aber manchmal muss man für kurze Zeit einen der Sprösslinge bevorzugen – weil man sonst gar keinen Stoff fertig bekommt und so endet wie der ewige Zauderer, der den Film seines Lebens nicht beendet.

16:23 Uhr – Im Zug, Osnabrück Hauptbahnhof

Mittlerweile kann ich nicht mehr ruhig sitzen und entscheide mich, eine Runde zu laufen. Obwohl: eine Runde in einem Zug? Wie soll das gehen? Auch hier scheitere ich schon wieder an der deutschen Sprache; man darf die Dinge einfach nicht wörtlich nehmen.
Mitten auf dem Gang liegt ein Hindernis: Ein schlafender japanischer Tourist hat es sich hier zwischen all seinem Gepäck bequem gemacht und versperrt den Zutritt zur Toilette.
Toll, denke ich, dass die Japaner in jeder Lebenslage ein Nickerchen machen können. Liegt vielleicht auch daran, dass sie ganz handlich sind. Der hier passt jedenfalls genau in die Ecke zwischen Klo und Ausstiegstür.

Hier in Osnabrück steigen eine Menge Leute ein, darunter auch eine Gruppe von fünf Bundeswehrsoldaten. Einer von ihnen hat eine Videokamera, mit der er alles dokumentiert: wie seine Kameraden ihre Rucksäcke einladen, rumkrakeelen, Zoten reißen und ihre mitgebrachten Bierflaschen mit den Zähnen öffnen. Sie sind wohl auf dem Weg nach Hause, nach Bremen. Und morgen früh fahren sie wieder zurück in die Kaserne nach Osnabrück. Kein Problem, es sind ja nur 50 Minuten Fahrt. Aber ihr Kameramann wird sich dann wohl auf der Krankenstation melden müssen, oder wie auch immer das heißt. Mit einem Kameraarm vom exzessiven Videofilmen – denn ab jetzt wird er die Videokamera nicht mehr sinken lassen …

Endlich setzt sich der Zug wieder in Bewegung, und ich gehe langsam zurück zu meinem Abteil. Gerade als ich mich wieder auf meinen Platz setzen will, bleibt die Bahn mit einem heftigen Ruck plötzlich stehen.
Stille.
Wir schauen uns verwirrt an.
Dann blicken wir nach draußen.
In der Dämmerung erkennen wir rund um uns herum eine Landschaft, die völlig in pures Weiß gehüllt ist. Die Bäume an der Bahnstrecke verneigen sich unter ihrer schweren Schneelast förmlich vor uns. Einen Moment lang halten wir den Atem an, weil dieser Anblick so wunderschön und beeindruckend ist.
Eine unglaubliche Ruhe erfasst uns – fast schon unheimlich.
Was ist passiert?
Da ertönt plötzlich die uns vertraute Raucherstimme des Zugbegleiters, ein bisschen rauer als bisher, fast flüsternd, aus dem krächzenden Lautsprecher:
«Meine Damen und Herren, leider muss ich Ihnen mittei-

len, dass uns ein Baum, der durch den Schnee abgeknickt und auf die Schienen gestürzt ist, den Weg nach Bremen versperrt. Die Weiterfahrt verzögert sich um unbestimmte Zeit. Wir müssen auf die Feuerwehr warten», er atmet resigniert aus, «wenn sie uns finden …»
Klick.
Aus.
Der Mann weiß, wie man Panik macht.

Automatisch greifen wir alle nach unseren Handys. Dann ein lauter, frustrierter Ausruf vom Gang: «Verdammt, kein Netz!»
Sofort denke ich an Daniel aus *Pömps*: «Es wird etwas Schreckliches geschehen!» Daniel, bist du da?
Ich schrecke hoch. Meine Verabredung! Ich muss Herrn Endruweit Bescheid geben! Mein Film ist in Gefahr! Ich bin in Gefahr! Die Filmwelt ist in Gefahr. Mindestens!
Im ganzen Zug beginnt ein hektisches Kommen und Gehen.
Alle bewegen sich aufgeregt mit dem Handy am ausgestreckten Arm auf der Suche nach Empfang.
Ein Balken, zwei Balken, kein Balken.
Leichte Panik macht sich unter den Balkensuchenden breit.
Und ich bin mitten unter ihnen.

Einige Fenster im Gang werden einen Spaltbreit geöffnet, ungeachtet der beißenden Kälte, die hereindringt.
Verdammt, ich sitze zwei Stunden vor einem wichtigen Termin irgendwo in einem Funkloch mitten in der Pampa

zwischen Osnabrück und Bremen und kann niemandem berichten, was hier los ist!
Nicht aufregen.
Einatmen.
Ausatmen.
Und ich muss an die Bahnbeamtin in Düsseldorf denken; wusste sie etwas mehr als ich und hat versucht, mich aufzuhalten?

Noch bin ich optimistisch; das wird schon werden. Die können uns ja nicht die ganze Nacht hier stehen lassen.
Oder doch? Nein, unmöglich. Nicht mitten in der norddeutschen Tiefebene. Gleich kommt die Feuerwehr, zieht den Baum von den Schienen, und wir kommen fast pünktlich in Hamburg an. Heute ist schließlich mein Tag!
Ich schreibe ein paar Vorrats-SMS, damit ich, wenn es weitergeht, gleich eine Nachricht absetzen kann.

17:31 Uhr – Im Zug, in der Pampa zwischen Osnabrück und Bremen

Ich schließe für einige Minuten die Augen und suche etwas Entspannung. Als ich wieder wach werde, habe ich das irreale Gefühl, aus einem Traum zu erwachen, um in einem Albtraum zu landen.
Zu viel Realität.
Mittlerweile ist es draußen stockdunkel. Das verschlimmert meine Wahrnehmungsstörungen. Ist es Nacht? Ist es früh am Morgen?
Ist es noch derselbe Tag? Ist das immer noch mein Tag?
Langsam werde ich mir der Tatsache bewusst, dass ich hier immer noch in einem stehenden Zug mitten im Nirgendwo sitze. Hier bewegt sich nichts. Wir stecken immer noch fest, und ich bezweifle mittlerweile, dass die Feuerwehr uns noch heute Nacht retten wird.

Herr Endruweit erwartet mich in etwa einer Stunde in Hamburg. Er wird seine sehr freundliche Sekretärin nach Hause schicken und mir noch eine gute halbe Stunde geben. Dann wird er mein Drehbuch traurig aus der obersten Schublade seines Schreibtisches nehmen und es ganz sacht in den Papierkorb gleiten lassen – so, wie man einen treuen Hund zur letzten Ruhe bettet. Anschließend wird er seine Sachen zusammenpacken, die Aktentasche nehmen, das Licht löschen und die Tür schließen. Da liegt es dann, mein Drehbuch – im Halbdunkel eines Büros. Und es wartet auf die Putzkolonne, die irgendwann in der Nacht kommt und erbarmungslos alles entsorgt, was von Gott und Produzent verlassen ist ...

Da bemerke ich, dass jemand auf dem Gang telefoniert. Heute muss doch mein Tag sein! Sofort stürze ich aus dem Abteil auf ihn zu und rede auf ihn ein: «Ich muss unbedingt telefonieren, ein Notfall, es geht um Leben und Tod eines Drehbuchs!»
Zu spät sehe ich, dass sich in der anderen Richtung bereits eine lange Schlange von Notfällen gebildet hat, die mich alle sehr böse anschauen. Auch im größten Chaos herrscht deutsche Ordnung.
Immer der Reihe nach. Alle wollen mit dem Handy des Mannes, das hier auf unerklärliche Weise als einziges Empfang hat, telefonieren. Geduldig begebe ich mich also an das Ende der Schlange und warte, bis ich an der Reihe bin. Als ich endlich wieder vor dem Mann stehe, will er plötzlich niemandem mehr sein Telefon überlassen.
«Mein Akku ist halbleer.»
«Ich bin Autor, ich muss dringend mit einem Produzenten sprechen! Es geht um meinen Film!»
«Aha.»
«Ich gebe Ihnen Geld: 2, 3 oder sogar 4 Euro!»

Plötzlich ist sein Akku wieder halbvoll.
Doch in Hamburg nimmt niemand mein Gespräch entgegen.
Eine Mailbox springt an, aber es ist nicht die von Herrn Endruweit oder seiner freundlichen Sekretärin. Ich weiß nicht mal, ob ich überhaupt beim Sender gelandet bin! Schnell spreche ich die Fakten auf und bitte, Herrn Endruweit zu benachrichtigen.
Dann ist es vorbei.
Der Mann mit dem Handy hat durch meine bereitwillige Zahlung eine Einkommensquelle entdeckt und gibt es weiter, bevor ich nochmal nachsehen kann, welche Nummer ich überhaupt angerufen habe.
Ich bin am Boden zerstört.
Jetzt ist sowieso alles egal. Also atme ich durch und mache mich auf den Weg ins Bord-Bistro. Auf dem Gang steige ich vorsichtig über den immer noch sanft schlummernden Japaner.
Die Bude ist ziemlich voll.
Ich bestelle mir ein Bier und quetsche mich noch mit auf eine Sitzbank in der Ecke. Von dort habe ich einen guten Blick auf das ganze Abteil. Der Soldat mit der Videokamera sucht ebenfalls die beste Perspektive, um das Geschehen zu dokumentieren; plötzlich steht er sogar hinter der Theke und filmt. Das könnte ein toller Beitrag darüber werden, wie sich Menschen in Notsituationen verhalten.
Links von mir sitzt alleine auf drei Plätzen ein sehr dicker Mann, den ich schon bei meinem ersten Besuch im Bord-Bistro beim Essen erwischt habe. Er isst noch immer.
Rechts von mir sitzen zwei Paare aus Köln, also vier Kar-

nevalisten. Ich höre, dass sie nach Hamburg fahren, um sich ein Musical anzuschauen. Die vier sorgen hier für echt gute Stimmung und amüsieren den ganzen Laden mit ihren schlechten zweideutigen Witzen wie diesem:
Eine Frau will von ihrem Freund unbedingt ein Kind. Der Typ will aber nicht recht. Deshalb beschließt sie, ihn auszutricksen. Sie sitzt mit ihrer Freundin zu Hause und sagt: «Meine Basaltemperatur stimmt, der Mond steht günstig, heute Abend klappt's.» Der Mann kam aber gerade von der Arbeit nach Hause und hört im Flur alles mit an. Als sie ihn am Abend verführen will, spielt er mit, zieht sich aber im Bad noch schnell einen Gummi über, kommt wieder rein und macht sich sofort über sie her. Hinterher fragt sie ihn überglücklich: «Und, wie nennen wir unseren Sohn?» Er streift lässig das Kondom ab, knotet es zu und sagt: «Wenn er da rauskommt, David Copperfield!»

Am lautesten in der Runde kichert eine busenreiche Frau mit einem sympathischen Gesicht. Renate heißt sie. Nur ich verziehe noch nicht einmal meine Mundwinkel. Na ja. Der Herr Blunagalli hat mal wieder keinen Humor.
Ich kann wirklich nur sehr selten über einen Witz lachen. Und merken kann ich sie mir auch nicht.
Einen Lieblingswitz habe ich aber, da geht's um einen Ausländer, der etwas gefragt wird – aber mehr weiß ich auch schon wieder nicht. Nur das Ende, das habe ich noch im Kopf. Seine Antwort lautet nämlich: «Welches Land?»
Vielleicht gelingt es mir eines Tages, auch den Zwischenteil des Witzes wieder vollständig zu erzählen. Bis dahin bleiben eben nur ein Anfang und ein Ende. Immerhin.

Renate will jetzt auch unbedingt einen Witz loswerden:
Ein ostfriesisches Pärchen geht in ein Restaurant. Beim ersten Gang schüttet sich die Frau ihre Suppe über die Bluse.
Sie: «Hein, guck mal, ich seh' aus wie ein Schwein.»
Er: «Und hast jetzt auch noch die gute Suppe verschüttet!»

Ich muss lächeln. Na, bitte – Herr Blunagalli hat also doch Humor! Sonst lacht allerdings keiner. Noch nicht mal Renate selbst.

Inzwischen ist es 18 Uhr 30; eigentlich sollte ich jetzt schon seit 20 Minuten in Hamburg sein und mit Herrn Endruweit über *Amore* sprechen. Stattdessen sitze ich in einem überfüllten Bord-Bistro und gucke zu, wie sich die Menschen um mich herum langsam, aber sicher volllaufen lassen.
«Mit der Deutschen Bahn kommt man immer voran ...» – von wegen!
Auch die Reise von Norbert Krabbe zu den Lofoten und seinem Gewinn, dem «Norbert-Krabbe-Fjord», beginnt mit einer fast gescheiterten Bahnfahrt – im Bahnhof von Wanne-Eickel.

BILD 25. Bahnhof Wanne/Schalterhalle

Eine Bahnbeamtin, die gerade ein üppiges Frühstück einnimmt, sitzt hinter dem Schalter, an dem Norbert steht. Er hat einen kleinen Koffer in der Hand.

Bahnbeamtin: (mit vollem Mund) Ermäßigung gibt es nur für Kinder bis 14 Jahre. Wie alt ist denn Ihre Tochter?

Norbert: Dreizehn. Glück gehabt!

Bahnbeamtin: Gut. Einmal das «Kids for Fun», für 162 Euro bis Trondheim. Und für Sie macht das dann 487 Euro und 29 Cent.

Norbert schüttelt den Kopf und wehrt mit der Hand ab.

Norbert: Und das ist jetzt schon zweite Klasse?

Bahnbeamtin: Ja sicher. Das is jetzt schon «Superspar» in Kombi mit «Schönes Wochenende».

Norbert: Dann nehm ich nur das «Kids for Fun».

Er legt das Geld auf die Theke; es reicht nicht. Er kramt sein Schweizer Messer hervor und legt es dazu.
Die Bahnbeamtin schüttelt den Kopf. Sie schaut an ihm runter.

Bahnbeamtin: (abschätzend) Schicke Schuhe ...

Norbert zögert und legt dann schweren Herzens sein Mobiltelefon auf den Tresen.
Die Bahnbeamtin inspiziert es mit fettigen Fingern.

Bahnbeamtin: (nickt) Hmm ...! Hier das «Kids for Fun», mehr ist nicht drin.

Sie gibt Norbert die Fahrkarte. Er steckt sein Taschenmesser wieder ein. Ute kommt mit einer BUNTE und Tabletten angelaufen.

Ute: Hier, für die Fahrt, Papa.

Norbert betrachtet die Packung, auf der ein schlafender Pudel abgebildet ist.

Norbert: Canicalm? Willst du mich umbringen?
Ute: Das sind nur Beruhigungstabletten.
Norbert: Ja. Für Hunde.
Ute: Die waren rezeptfrei und billig. Und wie teuer waren die Tickets?
Norbert: Ging!
Ute: Siehste.

19:05 Uhr – Im Zug in der Pampa zwischen Osnabrück und Bremen

Ich kann nicht mehr glauben, dass heute mein Tag ist. Frustriert trolle ich mich in mein Abteil; sprachlos angesichts der versagenden Technik, wiege ich das kleine Telefon in meiner Hand, in der Hoffnung, dass es doch noch ein Lebenszeichen von sich gibt.
«Zum Glück haben wir hier keinen Handyempfang», meldet sich träge der Versicherungsvertreter zu Wort. Wir töten ihn mit unseren Blicken.
Er redet schnell weiter: «... sonst würden wir hier vom ständigen Klingeln der Telefone genervt!»
Und Sie könnten nicht mehr hemmungslos schnarchen, denke ich wütend.
«Und meine Frau», verbündet sich Bastian Pastewka mit ihm, «würde mich mit SMS bombardieren.»
Pastewka ist verheiratet? Hab ich gar nicht gewusst. Aber ich bin mir ja immer noch nicht sicher, ob der hier tatsächlich Pastewka ist. Er spricht mit einem Anflug von Verzweiflung in seiner Stimme weiter: «Die erste SMS wird noch lieb sein, mit ganz wenig Druck:

‹Wo bist du, Schatz?› Dann aber wird es aufgeregter: ‹Wann kommst du?› Und schließlich wird sie sauer: ‹Ich warte hier auf dich wie eine Blöde!› Dann kommt eine Phase der Resignation: ‹Verdammt, es ist immer dasselbe mit dir!› Und zum Schluss die üblichen zwei Worte, wenn sie richtig wütend ist: ‹Du Arsch!›
Mit vielen Ausrufezeichen. Dann schaltet sie das Handy aus, und das war's.»

Wir alle haben gebannt zugehört, aber keiner traut sich, diesen Ausbruch ganz persönlicher Not zu kommentieren. Armer, falscher Bastian ... nach diesem Lamento weiß ich, dass er es nicht ist.
Es gibt aber Menschen, die es noch schwerer haben in Beziehungsfragen. Und sie treten vorzugsweise in meinen unverfilmten Drehbüchern auf, zum Beispiel in *Der Mann an meiner Seite* ...

BILD 3. Pizzeria

Max: Ich bin müde, immer herumzulaufen auf der Suche nach etwas, das ich selbst nicht weiß ...Was hab ich schon in meinem Leben, was mir Freude macht? Eigentlich nur meine Donna-Summer-Platten ...

Bodo: Uhmm. Isst du deine Pizza nicht mehr?
Max: Nein ... die ist mir zu fett.

Bodo: Stimmt ... irgendwie sind die heute fettiger als sonst.

Bodo isst Maxens Pizza.

Max: Manchmal denke ich, ich sollte vielleicht einfach heiraten ...

Bodo: (spuckt vor Schreck alles aus) Spinnst du?

Max: Warum? Andere Leute heiraten auch.

Bodo: Moment ...

Max guckt auf seine Uhr.

Max: Mist, wir müssen los.

<u>BILD 4. Schlafzimmer Maurizia</u>

Maurizia: Warum finde ich keinen Mann? Ich will doch nur einen einzigen Mann. Ist das zu viel verlangt? Ich bin hässlich.

Carla: Das ist eine wirklich gute Frage. Weißt du, wie viele Weiber keinen Kerl haben? Und nur zur Erinnerung: Ich habe auch keinen.

Maurizia: Meine biologische Uhr tickt, ich bin schon über 34.

Carla: Ich bin 37. Ich habe noch weniger Zeit als du. Los! Wir müssen.

Maurizia: Wo wollen wir denn überhaupt hin?

Carla hält ihr zwei Karten vor die Nase.

Carla: Hier. Also, wenn wir da keinen blonden Hünen treffen, dann weiß ich es auch nicht.

Maurizia: Genau. War das nicht sogar meine Idee?

Carla: Die Veranstaltung ist bestimmt langweilig, aber die Kerle haben's in sich.

Maurizia: Weißt du, Carla, man darf nie aufgeben im Leben.

Sie greift nach dem roten Kleid und wischt sich mit der Hand über die gerötete Nase.

19:30 Uhr – Im Zug in der Pampa zwischen Osnabrück und Bremen

Figuren wie Maurizia und Carla liegen mir; sie entwickeln sich von selbst. Egal, wo, egal, wann: So etwas kann ich fast immer schreiben, mehr aus dem Bauch als aus dem Kopf – obwohl auch bei einem italienischen Autor das Sprachzentrum durchaus im Hirn liegt. Damit das mal geklärt ist …

Andere Stoffe aber brauchen den ganz besonderen Geist, die passende Umgebung – ein kreatives Grundrauschen, die große Bühne, die perfekte Inspiration. Und wenn man dann noch von der Muse in einer marmornen Villa geküsst wird – auch gut!
Um das Drehbuch zu *Kein Pardon* zu schreiben, war alles perfekt: Ort, Zeit und Spirit. Vier Wochen lang wohnten und arbeiteten Hans-Peter und ich gemeinsam mit unserem Freund und Filmmusik-Komponisten Achim Hagemann und Katya, die das Ganze tippen sollte, in der riesigen Villa von Produzentenlegende Horst Wendlandt. Mitten in Beverly Hills – wo sonst? Wir waren genau da,

wo wir uns immer hingeträumt hatten. Los Angeles, Stadt der Engel. Die Stadt, in der sogar die schlechtgelaunteste Politesse am Sunset Strip diesen Job eigentlich nur übergangsweise macht; von Haus aus ist auch sie natürlich Schauspielerin. So wie der mexikanische Gärtner von gegenüber: auch nur ein zwischenzeitlich unterbeschäftigter Actionheld, der die kalifornischen Kakteen demonstrativ mit dem völlig überteuerten Edel-Mineralwasser seiner Arbeitgeber gießt.

Die Villa, in der *Kein Pardon* ein «garantierter» Hit werden sollte, war selbst ein Hit. Wir lebten in einer für uns damals völlig neuen Welt. Luxus pur: Swimmingpool, Personal, mindestens sechs Schlafzimmer, und in der Garage konnten wir zwischen drei verschiedenen Edelkarossen wählen, wenn wir einen Ausflug machen wollten. Mit jedem Atemzug inhalierten wir den Duft des Erfolges. Man kann sich daran gewöhnen, ganz schnell.

Auch wenn es sich anfühlte wie ein Trick aus der Schatzkiste eines Kirmespsychologen: Ein solcher Luxus in einer solchen Stadt motiviert mehr als alles andere.

Wir wurden rundum versorgt; im Kühlschrank standen Champagner, Lachs, Kaviar und Leberpastete bereit. Die Mengen hätten locker ausgereicht, um die komplette Statisterie von Ben Hur durch den Winter zu bringen. Aber wir waren keine Statisten, sondern nur vier Menschen, die gelegentlich mal Hunger hatten. Die erlesenen Speisen waren lecker, sehr lecker – aber irgendwann bekamen wir Hunger auf etwas anderes. Während ich von Melanzane alla Parmiggiana träumte, dachten meine deutschen Kollegen an Hausmannskost. Gute, solide Hausmannskost.

Mitten in Kalifornien, im Epizentrum von Schönheitswahn, Schlankheitspillen, Botoxspritzen und Traumfabriken, hatten wir plötzlich diesen durch und durch deutschen Traum: «Jetzt ein schönes Schnittchen mit Leberwurst und dazu ein paar saure Gürkchen ...!»
Es gibt kaum eine Stadt auf diesem Globus, in der es schwieriger sein dürfte, Schwarzbrot und Leberwurst zu besorgen. Doch in Los Angeles, wo man ohne Probleme ein Repetiergewehr für den privaten Schutz kaufen kann, solange der Ausweis nicht abgelaufen ist, würde man ja wohl auch noch ein paar Gürkchen auftreiben können. Da waren sich Katya, Achim und Hans-Peter ganz sicher.
Während Katya sich am Pool entspannte, machten wir Jungs uns mit dem unauffälligsten der drei Luxusschlitten auf, um einen Lebensmittelladen zu finden.
Achim steuerte das Ungetüm mutig durch die fremde Stadt. Ich saß entspannt auf dem bequemen Beifahrersitz, der in einem früheren Leben garantiert ein komfortables Dreiersofa gewesen war, während Hans-Peter es sich auf dem noch breiteren Rücksitz bequem machte.
Kaum hatte der dauerdurstige 8-Zylinder seine Arbeit aufgenommen, blies uns eisiger Wind entgegen. Nicht metaphorisch, sondern tatsächlich. Die amerikanische Verfassung sieht vor, dass in jedem amerikanischen Auto innerhalb von Nanosekunden die Innentemperatur auf mindestens zehn Grad unter der Außentemperatur gesenkt werden muss. Wir waren aber keine Pinguine, bereit für die Schockfrostung, sondern nur zugereiste Hausmannskostfreunde.
Hans-Peter suchte nach dem richtigen Knopf, um die kalte

Air-Condition auszuschalten, erwischte aber stattdessen nur den Schalter für die Innenbeleuchtung, die mühelos mit den Flutlichtmasten eines Bundesligastadions mithalten konnte.

Alle Versuche, das lästige Licht wieder auszuschalten, waren vergeblich. Irgendwann gaben wir auf und fuhren als grell illuminierte Ersatzpinguine unserem ersehnten Wurstbrot entgegen. Weit konnte es bis zum nächsten Geschäft ja nicht sein. Ein fataler Fehler. Wir fuhren weit und weiter und es dämmerte schon. Und irgendwann war das, was da vor uns ausgebreitet lag, ganz bestimmt nicht mehr Beverly Hills.

Vielleicht war es die Simulation eines Endzeitdramas, die Kulisse eines neuen Roland-Emmerich-Films. Oder hatten wir uns in die Slums von Los Angeles verirrt? Wer mal in Bombay war, ungefähr neun Gehminuten von jeder Touristenattraktion entfernt, der hat eine Vorstellung davon, was sich unseren Augen bot. Wir waren im Niemandsland, in einer Gegend, in der wahrscheinlich sogar die Glühwürmchen bewaffnet sind.

Es war schon dunkel, als plötzlich vor uns ein Feuer zu sehen war. Vier dunkle Gestalten standen betont lässig um eine brennende Mülltonne herum. Klischee? Nein, das war die verdammte reale Vorlage für das Klischee. Neben der Vorlage parkte ein Auto mit offener Tür, in dem noch zwei Typen saßen. Muss ich erwähnen, dass auch diese beiden Herrschaften eher finster wirkten? Hier stimmte alles; wer auch immer den Begriff Bedrohungspotenzial erfunden hatte, er hatte ihn hier erfunden, genau hier! Wir waren dort, wo gute Krimiautoren ihre Anregungen

bekommen und die aktuellen Mord- und Totschlagstatistiken neues Futter.
Als die Gestalten unseren Wagen bemerkten, drehten sie sich langsam zu uns um. Achim nahm verunsichert den Fuß vom Gas.
Hans-Peter und ich schwiegen.
Ein Wenden war nicht möglich, die Straße war zu schmal. Spannungstechnisch hatte der liebe Gott hier ganze Arbeit geleistet.
«Wir sind bestimmt mitten in den Dreharbeiten für einen Actionfilm gelandet», machten wir uns gegenseitig Mut.
Ebenso gut hätten wir davon ausgehen können, dass es sich bei der nächtlichen Versammlung um ein Meeting der Anonymen Schachspieler handelte.
Erst das dauerdämliche Grinsen von einem der Herren mit goldenen Schneidezähnen machte uns klar, dass wir in unserem taghell erleuchteten Wagen wie auf dem Präsentierteller saßen. Besser ging es nicht. Vielleicht sollten wir uns schnell noch eine Zielscheibe auf die Stirn malen?
Wir dachten angestrengt nach – was bei einem Blutdruck jenseits des Messbaren und Sturzbächen von Schweiß trotz amerikanischer Air-Condition eine ziemliche Herausforderung ist.
Unsere Synapsen lenkten jeden Denkbefehl und Fluchtplangedanken ins Leere. Nachdenken war gestern, jetzt regierte die nackte Angst im Wagen von drei Männern, die doch nur Schwarzbrot kaufen wollten.
In diesem Moment fielen zwei Schüsse.
Peng! Peng!

Wie im Film, trocken, dumpf und mit etwas Pech tödlich.
Aber das hier war kein Film! Und wenn es einer war, dann würden wir noch nicht mal mehr im Abspann stehen.
«Gib Gas», brüllte Hans-Peter.
Ich nickte nur noch apathisch, blickte auf diesen Drehort, und Achim drückte das Gaspedal durch, als gelte es, eine Erdölprobebohrung mit den bloßen Füßen durchzuführen. Mit quietschenden Reifen und hell erleuchtetem Wagen rasten wir an der beängstigenden Szene vorbei. Wir fuhren so schnell, dass keiner von uns genau erkennen konnte, was tatsächlich geschehen war – obwohl jeder von uns anschließend seine eigene Fassung im Kopf hatte.
Während ich die Leiche eines Mannes, der aus dem Auto hing, gesehen hatte, war sich Hans-Peter sicher, dass mindestens zwei Leichen auf dem Boden gelegen hatten. Zwei Schüsse, peng, peng! Klang vernünftig. Achim hatte drei Leichen gesehen – eine davon lag schon am Boden; weiß der Kuckuck, wie er darauf kam.
Einig waren wir uns in dem Punkt, dass es auf dieser Welt nichts geben konnte, das uns davon überzeugt hätte, nochmal nachzuschauen.
Mit zittriger Hand schaltete Achim das Radio ein, um uns abzulenken. Beim ersten Takt eines Rapsongs ging das Licht im Inneren des Wagens aus. Natürlich, was sonst? Wir mussten lachen und waren einfach nur froh, dass unsere Lichter nicht verloschen waren.

Dass wir tatsächlich wenig später die Leuchtreklame eines kleinen Geschäftes entdeckten, konnte kein Zufall sein.

Das gute Schwein – Deutsche Wurst & Lebensmittel.
Wer so viel Schwein hat, der findet auch ein Schwein.
Glücklich und vor allem lebendig kamen wir nach drei Stunden und etlichen Umwegen zurück in die sichere Villa – bepackt mit zehn verschiedenen Sorten eingelegte Gürkchen, der besten Leberwurst von ganz Amerika und einer tollen Geschichte!

Gürkchen spielen auch in Peter Schlönzkes Leben eine wichtige Rolle – eigentlich im Leben fast aller Deutschen. Aber was ist das für eine Kultur, in der unter anderem die saure Gurke eine kulinarische Unverzichtbarkeit ist, quasi ein Nationalgericht ...?

<u>BILD 18. Wohnung Schlönzke</u>

Mutter und Oma sind in der Küche und schmieren Schnittchen. Dabei frisst Oma die ganzen geschnittenen Gürkchen weg. Opa sieht im Wohnzimmer fern.

Mutter: Wat du da machst, dat is Veruntreuung von Firmeneigenturm.
Oma: Wieso, ich ess doch nur die Gürkchen.
Mutter: Ja, stell dir vor, im Autowerk nähmen alle die Reifen mit nach Hause. Wir sind ein mittelständischer Betrieb.

Oma: (weinerlich) Ich hab mir im Krieg dein Essen vom Munde abgespart, und jetzt zählst du mir die Gürkchen ab, Hilde?

Opa: (aus Wohnzimmer) Wat is denn da schon wieder los?

Mutter: Ich versuch der Oma nur gerade zu erklären, wie'n moderner mittelständischer Betrieb funktioniert.

Oma: (leicht hysterisch) Mit'm Bollerwagen bin ich nachts alleine losgezogen.

Opa: (laut) Genau, unser Oma is nachts ganz alleine losgeschoben mit'm Bollerwagen vom Henne.

Oma: Der Henne war da noch gar nicht auffe Welt.

Opa: Natürlich, der Henne hat doch dann die Cousine von die Lisbeth geheiratet.

Oma: Quatsch, der hat die Lisbeth geheiratet.

Mutter: Hier, Oma iss die Gürkchen auf.

Oma: Jetzt will ich nicht mehr ...

In diesem Moment kommt Peter rein und geht sehr schnell zur Toilette.

Mutter: Peter, bist du dat!?

Oma schnappt sich noch schnell eine Handvoll Gürkchen, und beide stürzen zum Klo und stehen vor der Tür.

Mutter: Und?
Peter: (im Klo) Wat und?
Mutter: Wie war's beim Fernsehen?
Peter: Pfft, wie soll's gewesen sein?
Mutter: Bisse genommen worden?
Peter: Wat? (summt Glücksmelodie)
Mutter: Ob du genommen worden bist.
Oma: Der hört schon so schlecht wie unser Opa.
Opa: (aus Wohnzimmer) Eure Gequatsche hör ich immer noch viel zu gut.

Peter macht die Tür auf.

Mutter: Und, hat's geklappt?

Er blickt auf den Boden, murmelt etwas vor sich hin, druckst dann ein ganz klares Ja heraus.

Mutter: Ich werd verrückt.

19:50 Uhr – Im Zug in der Pampa zwischen Osnabrück und Bremen

Achtung, Achtung! Falls ein Arzt im Zug ist, möge er sich bitte dringend im Wagen 24 melden. Es handelt sich um einen Notfall, bitte Wagen 24. Eine Hebamme würde auch gehen …», ertönt die aufgeregte Stimme des Zugbegleiters aus dem Lautsprecher.

In dem Abteil neben uns hört man jetzt eine Frau vor Schmerzen schreien. Die Schwangere, der ich das Kind im Wintermantel angedichtet habe! Jetzt ist es also so weit. Und ich habe das demütige Gefühl, dass es Menschen gibt, die noch mehr Probleme haben als ich, obwohl meine Stimmung so düster ist wie ein Schwarzweiß-Krimi aus den Vierzigern.

Minuten später hetzt ein Mann mit einer großen Tasche, möglicherweise einer Arzttasche, gefolgt von einer Frau, an unserer Tür vorbei und verschwindet im Nachbarabteil. Gleichzeitig verlassen die anderen Fahrgäste den Ort des Geschehens. Von ihnen erfahren wir, dass die Fruchtblase der Frau bereits geplatzt ist. So, wie sie brüllt, hat da niemand Zweifel dran.

«Wasser! Er braucht Wasser! Heißes Wasser!», brüllt ein Mann aus dem Abteil nebenan. Und plötzlich passiert etwas Wunderbares: Binnen einer knappen Minute bildet sich eine Menschenkette vom Bord-Bistro bis zum «Kreißsaal-Abteil», und ruckzuck hat man dort heißes Wasser. Das macht dann doch wieder Spaß, und wir alle nehmen uns Zeit, uns ein wenig gut zu finden.

Nach einer schieren Ewigkeit hört man endlich nicht mehr nur das Schreien der Mutter, sondern auch das eines Babys.

«Es ist ein Junge», brüllt jemand auf dem Gang, und tosender Applaus brandet durch den Zug – als seien wir alle gerade selber Eltern geworden.

Eine ganz zentrale Szene von *Amore und so'n Quatsch* spielt auch in einem Krankenhaus – und die Rechtsanwältin Carla Santoro ist zwar nicht niedergekommen, aber dennoch ist eine gewisse Dramatik zu spüren …

BILD 32. Krankenhausflur

Schnellen Schrittes kommen Carlas Mutter Immacolata Santoro und ihr Sohn Antonio den langen Krankenhausflur entlang. Beide sind ganz offensichtlich Süditaliener und in Schwarz gekleidet, Immacolata hat die grauen Haare streng nach hinten gekämmt. Antonio, Ende zwanzig und extrem gutaussehend, trägt eine Heiligenfigur in der Hand. Sie kommen an Rigoberta und Herrn Pfeiffer vorbei,

deren Bewegungen im Vergleich zu dem schnellen Lauf der Santoros wie in Zeitlupe wirken. Rigoberta zeigt auf Marion, die vor dem Krankenzimmer steht. Marion führt die beiden in Carlas Zimmer.
Immacolata stellt sich ernst, aber ungerührt vor Carlas Bett, nimmt das Kreuz, das sie an ihrer Halskette trägt, und küsst es. Antonio stellt die Heiligenfigur, die er mitgebracht hat, auf Carlas Nachttisch, dann holt er seiner Mutter einen Stuhl und rückt ihn ihr zurecht, sodass sie nun an Carlas Bett sitzt. Antonio streicht seiner Schwester liebevoll übers Haar. Stille. Marion spricht langsam und gestikulierend auf die Mutter ein.

Marion: Also, wissen's, vielleicht reden's aweng mit ihr. Das hat scho so manches Wunder bewirkt!

Stille.

Marion: Wissen's, dass se merkt, dass se do san.

Immacolata: Ich weiß, was ich zu tun habe! Brauchst du nicht mit mir rede wie kranke Pferd! Meine Mann Guiseppe, Gott hat ihm selig, und ich war unte de erste Gast-

arbeite in Deutschland! Sind
Sie Polin?

Marion schüttelt irritiert den Kopf. Dann wendet sich Immacolata an ihren Sohn.

Immacolata: Antonio, ti prego, accompagna
la signorina fuori! Konne Sie
drause warte!

Antonio berührt Marion leicht am Arm, sieht sie freundlich mit seinen dunklen Augen an und bittet sie mit einer Geste darum, vor die Tür zu gehen. Marion geht raus, schließt die Tür, hält einen Moment inne und atmet durch.

Ich liebe es, meine Protagonisten falsches Deutsch sprechen zu lassen! Und es fällt mir natürlich leicht, keine Frage. Aber es ist mir auch schon einige Male passiert, dass ich Drehbücher zur Korrektur gegeben und genau solche Stellen in perfektem Deutsch zurückbekommen habe – gutgemeint, aber leider völlig daneben, zumal auf diese Weise so manche gute Pointe auf der Strecke blieb.

«Ab jetzt ist jedes Getränk frei, solange der Vorrat reicht», erinnert uns die krächzende Lautsprecherstimme in diesem Moment daran, wo wir sind – in einem stillstehenden Zug, verloren irgendwo in der Pampa zwischen Osnabrück und Bremen. Sofort beginnt ein hektisches Rennen auf den Gängen. Menschen mit hochgerecktem Arm – immer noch in der Hoffnung auf Empfang – stürzen Richtung Bord-Bistro. Ich entscheide mich, noch ein bisschen zu warten, und gehe lieber das Risiko ein, vielleicht nichts mehr zu bekommen. Es ist mir einfach zu blöd, jetzt auch loszulaufen.

Das Abteil ist leer, und ich genieße diesen Moment der Ruhe.

Seit vier Stunden sitzen wir jetzt hier mitten in der weißen Schneelandschaft fest. Draußen neigen sich die schneebedeckten Bäume inzwischen so tief hinunter, dass sie fast auf den Boden reichen. Eine magische Stimmung.

Eine magische Stimmung hatte auch die Nacht zwischen dem 2. und 3. Oktober 1990. Am Tag der Deutschen Einheit fuhren wir mit einem kleinen Drehteam – nur Kamera, Ton, die Redakteurin, Hans-Peter als Moderator und ich – nach Fulda, um einen Beitrag für die ARD zu drehen. Es war ein goldener Herbsttag, und die Stadt war bereit, das historische Ereignis gebührend zu feiern. Wir waren es auch. Nach ein paar kurzen lustigen Drehs auf der Straße und in der Kneipe liefen wir kurz vor Mitternacht auf den Hauptplatz vor dem Dom mit der großen Uhr, wo sich zahlreiche Fuldaer schon versammelt hatten, um genau um Mitternacht in die neue Einheit hineinzufeiern. Geplant war, dass ich mich unter die Fuldaer mische, so tue, als wolle auch ich diesen historischen Tag feiern, und auf Hans-Peters Frage, was ich hier mache, antworte: «Meine Schwiegermutter hat heute Geburtstag.»

Wir fanden das irrsinnig lustig.

Ein lauter Böller begrüßte den neuen Tag, während ich unsicher immer wieder meinen Text übte. Die Kamera schwenkte nach unten, Hans-Peter machte professionell seine Anmoderation und stellte mir dann die entscheidende Frage. Ich hatte einen Knoten im Hals, stockte kurz und sagte dann in einem Rutsch:
«Meine Schule Schesten hat Gebursta!»
«AUS, AUS!»
Der Schrei unserer Redakteurin übertönte das laute Jubeln der feiernden Deutschen.
Wir mussten das Ganze schnell noch einmal drehen, bevor der letzte Glockenschlag verklungen war, aber ich bekam kein vernünftiges Wort mehr über die Lippen, und eine Viertelstunde nach Mitternacht gaben wir auf.
Der Beitrag wurde nie gesendet. Zum Glück.

Das war aber leider nicht der letzte Versuch, mich vor eine Kamera zu locken. Monate später brauchten wir einen italienischen Taxifahrer. Und wer würde da (schon wieder) besser passen als ich?
Den Text hatte ich diesmal selbst geschrieben und ausprobiert.
Folgendes wollten wir drehen: Es regnet heftig. Radio-Bremen-Ansagerin und Fernseh-Urgestein Herdis Zernial kommt mit einem nassen Pudel an der Leine ohne Regenschirm aus einem Wohnhaus und will in mein Taxi einsteigen.
Der Taxifahrer, also meine Person, beschwert sich und brüllt:
«Der klischnasse Pudel kommt nicht ins Wagen.»

Alles war vorbereitet, der Pudel wurde nass gemacht, die Moderatorin kam aus dem Haus, öffnete die Taxitür und wollte einsteigen. Ich blockte sie ab und sagte meinen Satz ohne Probleme – aber leider sprang der Pudel nicht ins Auto. Also mussten wir nochmal drehen – und es brauchte mehrere Versuche, bis der Hund endlich tat, was er sollte. Und ich hatte meinen Text zum Glück fast immer perfekt gesagt! Aber ich gelobte trotzdem, nie, nie, nie wieder vor einer Kamera zu stehen.

Allerdings hielt ich mich nicht lange daran.
Bei *Kein Pardon* überzeugte mich der Produzent, eine Rolle zu übernehmen. Ich sollte einen Zauberkünstler spielen, der einen Goldfisch von einem Glas zu einem anderen springen lässt.
Wieder schrieb ich den Text sicherheitshalber selbst – er war zugegebenermaßen auch nicht sehr schwer: «Op, Op, Op!», begleitet von einer entsprechenden Handbewegung.
Da die Szene keine große schauspielerische Herausforderung darstellte, war der Dreh ohne große Panne schnell im Kasten.

Wir schrieben dann noch eine zusätzliche Szene, in der nur über diesen (meinen!) Zauberkünstler gesprochen wird.

BILD 9. Regie Casting-Studio

Die Szene beginnt in der Regie des Casting-Studios; dort sitzen nebeneinander der

Regisseur Bertram, ein dicker Bayer, die Redakteure Walter und Doris und der Moderator Heinz Wäscher.

Bertram: Also der, ich sag's ganz ehrlich, der mit den Goldfischen eben, den fand ich gar nicht schlecht.

Doris: Ja, wieso, wer?

Bertram: Ja, der mit den Goldfischen, da, wo der eine Fisch von einem Glas ins andere Glas hüpft, die Nummer war doch gar nicht schlecht.

Doris: Aber der ist doch gar nicht gesprungen, das hat man doch gar nicht gesehen, der ist doch gar nicht rübergesprungen, der hat's doch gar nicht getan.

Bertram: Ja, bis zur Sendung schafft er das, muss man halt ein bisschen trainieren, aber die Nummer an sich ... Heinz, was meinst du?

Heinz: Also, ich muss gleich los, Kinder, ich ha net mehr viel Zeit. Seit dreißisch Jahre ...

20:16 Uhr – Im Zug in der Pampa zwischen Osnabrück und Bremen

Mittlerweile sind meine «Zugbegleiter» aus dem Bistro-Wagen zurückgekehrt – mit Getränken und Snacks. Die attraktive Belgierin hält mit beiden Händen ihre Ohrläppchen fest. Als sie meinen irritierten Blick bemerkt, erklärt sie mir: «Das ist eine Methode für den Selbstentspannung. Man nimmt den Ohrlappchen zwischen die Daumen und die Zeigefinger, drückt sanft und manipuliert der Ohr so lange, bis dem Entspannung kommt.»

Endlich mal jemand, dessen Deutsch ich verstehe …

Ich probiere es sofort, doch die düsteren Gedanken an den verpatzten Termin wollen nicht weichen. Wenn ich nur wüsste, ob meine Nachricht Herrn Endruweit erreicht hat!

Die Omma legt ihr Buch beiseite, zieht ihre Perlenclips ab, hustet ein bisschen in ihren Schal und greift sich an die Ohren. Einer nach dem anderen versucht es. Ein herrliches Bild: Das ganze Abteil ist mit der Massage seiner Ohrläppchen beschäftigt. Himmlische Ruhe breitet sich aus, und für einige Minuten vergessen wir gemeinsam die

Außenwelt – bis das schreiende Baby von nebenan unsere improvisierte Meditationsgruppe aus der Konzentration reißt.

Ich hatte schon immer einen Hang zur Esoterik und zum Übersinnlichen. Ich wurde zwar als katholischer Romer erzogen, war aber später fasziniert von sämtlichen Gottheiten, besonders von Ganesha, dem Elefantengott.
Er begegnete mir zum ersten Mal beim Dreh in Indien.

23. Szene. Touristenshow Hotelhalle
Innen/Abend

Marie-Eve sitzt an einem Tisch, neben ihr eine Skulptur des großen, indischen Elefantengottes Ganesha. Der Saal ist gefüllt mit Touristen aus Europa. Die deutschen Touristen singen «Ein Prosit, ein Prosit der Gemütlichkeit ...» Plötzlich nähert sich ihr ein etwas schmuddeliger Aussteiger mit einem Joint in der Hand. Es ist Tom.

Tom: Na, auf Sinnsuche?

Er setzt sich zu Marie-Eve und bietet ihr den Joint an.

Tom: Hier, nimm mal 'nen Zug!
Marie-Eve: (leicht angeekelt) Nein, danke.

Tom: Ich bin Tom aus Herne, und jetzt bin ich Tom in India. Und wer bist du?

Marie-Eve: Marie-Eve!

Tom: Hi, Mary in India. Komm, nimm einen Zug.

Wieder drängt er ihr den Joint auf. Die Touristen singen mittlerweile «Kornblumenblau».

Tom: Und die ganze Welt ist kornblumenblau.

Marie-Eve: Zisch ab! Mir ist heut nicht nach witzig!

Tom: Hey, Mann, ich hab nichts gemacht, ich hab dich nicht mal angefasst. Bleib mal locker, Mädel.

Marie-Eve: Bleib du mal lieber locker. Ich suche jemanden.

Sie zeigt ihm ein Foto von Paul.

Marie-Eve: Schon mal irgendwo hier gesehen?

Tom: Schnuckelig! Dein Typ? (laut) Sie sucht ihren Typen, in Indien, no chance, baby. Der ist weg, und die Polizei hier ist ungefähr so gut drauf wie ich.

Marie-Eve: Ich weiß. Also, kennst du ihn?

Tom: Vielleicht. Tänzchen?

Marie-Eve steht auf und geht.

Tom: See you in Nirvana!

20:30 Uhr – Im Zug in der Pampa zwischen Osnabrück und Bremen

Im Nirvana – da sitze ich jetzt. Und es befindet sich zwischen Osnabrück und Bremen. Experten suchen seit Ewigkeiten danach, und ausgerechnet ich finde es mitten im Schnee!

Nächster Halt: Erleuchtung! Bitte alle aussteigen!

Damit wäre die Deutsche Bahn endlich ganz vorne – zumindest bei der Hinfahrt, Rückfahrten gäbe es ja dann nicht mehr.

Ich bin in jedem Fall vorbereitet, denn ich habe schon immer die dazu passenden religiösen Symbole gesammelt: kleine Buddhas, große Buddhas, schmale und dicke Buddhas, in Gold, Holz, liegend und im Lotussitz. Gott Ganesha als gemaltes Bild, als Poster, als Schlüsselanhänger, in Silber und aus Glas. Gott Shiva im Sitzen, im Stehen, aus Metall oder Keramik. Madonnen in allen Formen und Größen, mit und ohne Jesuskind in den Armen, in Flaschenform mit Weihwasser gefüllt. Bei mir zu Hause hängt immer noch ein großes, kitschiges Jesusbild, mit dornenumkränztem Herzen. Direkt an der Tür empfängt

es die Gäste oder erschreckt unerwünschte Leute. Jesus ist also quasi meine Alarmanlage!
Diese ganzen geistigen Hilfsmittel haben aber bisher nur mäßigen Erfolg gehabt. Dabei wäre ich fürs Erste auch schon mit ein bisschen mehr Gelassenheit zufrieden.
Ich habe im Laufe der Jahre schon nahezu alles ausprobiert, was mir in dieser Beziehung helfen könnte, und dabei viel Geld ausgegeben. Angefangen habe ich mit Meditationskursen in der Volkshochschule Düsseldorf-Flingern, weiter ging's mit autogenem Training in der Toscana, Meditationskursen im Niedersächsischen Bergland, Tai-Chi-Workshops in London und sechs Reiki-Wochenendseminaren in Krefeld und auf Teneriffa – bis ich endlich den «2. Grad» erreicht und mit Bestnote abgeschnitten hatte. Auf den «Master» habe ich dann verzichtet.
Das Ganze hat mir leider nicht immer so viel gebracht wie erhofft, aber es war interessant zu sehen, mit welcher Hingabe die anderen Kursteilnehmer dabei waren.
Als ich allerdings bemerkte, dass ich immer häufiger im Geiste die passenden Kameraschienen verlegte, um die beste Einstellung für eine witzige Filmszene zu finden, hörte ich mit den Kursen auf und konzentrierte mich auf das, was mir wirklich wichtig war – Filme machen und schreiben.

Ein paar Jahre später suchte ich an einem grauen Tag beim Bummeln durch die Altstadt in Düsseldorf nach etwas Essbarem, was meinem Geschmack entsprach, als ich plötzlich jemanden laut und ansteckend lachen hörte.
Ich schaute mich um, um die Quelle dieses Lachens zu

entdecken, und sah einen Menschen, der sich einen Sack mit zwei Gucklöchern und einem aufgemalten Mund übergestülpt hatte. Als ich vorbeiging, hörte er schlagartig zu lachen auf. Die himmelblauen Augen starrten mich durch die Gucklöcher an, und dann rief der Sack meinen Namen.

Ich blieb stehen und fragte, wer er sei und wieso er mich kennt, und als er statt einer Antwort wieder nur laut lachte, konnte ich nicht anders, als mitzulachen. Auch die Leute um uns herum konnten sich ein Lachen nicht verkneifen, und nach ein paar Minuten waren meine Lachmuskeln so strapaziert, dass ich Bauchschmerzen bekam. Ich war völlig entspannt und hatte nicht die geringste Lust, weiterzugehen. Dann bat ich ihn, endlich das Rätsel zu lösen. Als er sich demaskierte, fiel mir die Kinnlade herunter: Vor mir stand mein Reiki-Meister und -Lehrer Ulli.

Er hatte eine neue Marktlücke entdeckt: «Die Leute lachen viel zu wenig, und ich bringe es ihnen bei!»

Im Grunde war Ulli ein Kollege von mir, denn auch ich versuche, mit meinen Filmen die Leute zum Lachen zu bringen – nur dass Ulli auf der Straße arbeitet und ich am Schreibtisch.

20:44 Uhr – Im Zug, in der Pampa zwischen Osnabrück und Bremen

Ich gehe jetzt etwas trinken – falls man mir noch etwas übrig gelassen hat. Das Bord-Bistro ist rappelvoll. Alle trinken und singen, als wären wir auf einer Klassenfahrt. Es hilft nichts, ich setze ein leicht gequältes Grinsen auf, drängle mich durch die wogende Masse, und nach einer Weile erreiche ich sogar die Theke, an der ich tatsächlich ein Bier auf Kosten der Deutschen Bahn bekomme. Die Stimmung ist grandios.
Sobald es was zu feiern gibt, sind die Deutschen einmalig. Hier gibt es aber eigentlich nichts zu feiern – oder doch?!

Ich war sehr erstaunt, als ich zum ersten Mal an einer deutschen Beerdigung teilnahm. Nach dem Friedhof gingen alle gemeinsam in eine Kneipe, aßen, tranken und erzählten Anekdoten über den Verstorbenen, und alle lachten laut und herzlich. Erst als es dunkel wurde und wir alle ziemlich betrunken waren, ging es zurück nach Hause.

Diese Art der Trauer war mir völlig fremd, denn in Italien sind die Begräbnisse eher nüchtern. Im wahrsten Sinne. Man geht in die Kirche, anschließend zum Friedhof – und das war's. Man trauert allein.

Mein wichtigster Termin in diesem Jahr ist geplatzt, aber hier wird gefeiert. Also gut, dann feiern wir! Ich hole mir noch ein Bier. Dann wird das eben doch noch mein Tag – wenn auch anders, als ich heute Morgen in meinem Bett in Düsseldorf gedacht hatte.

Die vier Karnevalisten haben einen Recorder dabei, aus dem laute Schlagermusik ertönt. Auch Adam – diesen Namen habe ich dem unglaublich dicken Mann in der Ecke einfach gegeben – hört auf zu essen. Er kommt richtig in Schwung, schunkelt mit und klopft mit seinen Fingern im Takt auf den Tisch.

Nun beginnt sogar eine Polonaise durch den Zug! Aber nach ein paar Versuchen lassen wir es, denn alle wollen sich an Renate dranhängen, das Busenwunder. Sie hört mittendrin abrupt auf – Spielverderberin!

Ich nutze die Pause, um zur Toilette zu gehen. Die Überraschung ist groß, als nach zwei vergeblichen Versuchen auch die dritte Toilettentür abgeschlossen ist – offenbar sind alle Toiletten im Zug gesperrt. Um Strom zu sparen, hat unser Zugbegleiter angeordnet, die automatischen Wasserspülungen abzuschalten.

Ich muss aber!

Also entschließe ich mich kurzerhand, einfach die Zugtür Richtung Wald zu öffnen – und schon bin ich draußen. Vorsichtig klettere ich die Stufen runter und stehe schließlich knietief in der weißen Pracht.

Ich bin der Erste, der hier seine Spuren im jungfräulichen Schnee hinterlässt. Ein altes chinesisches Sprichwort sagt, der gelbe Fluss kenne seinen Weg. Ich kann nur sagen: stimmt.

Noch während ich mein Geschäft erledige, erscheinen andere Fahrgäste in der offenen Tür und folgen meinem Beispiel: Wir urinieren in einer Reihe.

Für die Damen wird schließlich zwei Wagen weiter, abseits der Männerblicke, eine weitere Tür geöffnet.

Als ich wieder einsteigen will, versperrt mir Adam den Weg.

Er will auch die Freilufttoilette besuchen und versucht vergeblich, die Treppe allein hinunterzusteigen – er bleibt in der Tür stecken. Den Hintern voran, hängt eines seiner kurzen Beine schon draußen. Verzweifelt klammert er sich am Türrahmen fest, damit sein massiger Körper ihn nicht hinunterzieht. Adam brüllt wie am Spieß: «Hilfe! Ich falle!»

Zu dritt eilen wir zu Hilfe: Zwei Männer halten ihn von innen, ich ziehe von außen, und so versuchen wir den 200-Kilo-Koloss möglichst unbeschadet in den Schnee plumpsen zu lassen.

Als er fertig ist, stellt sich allerdings das größere Problem: Wie kommt er da wieder hoch? Drei Männer schieben von unten, drei Männer ziehen oben.

Nach einem komplizierten Manöver stellen wir den um einige Milliliter erleichterten Adam endlich wieder auf den festen und trockenen Boden des Waggons. Er bedankt sich überschwänglich und steuert direkt wieder das Bord-Bistro an.

Würde ich eine solche Szene in eine Komödie einbauen, käme sofort empörte Kritik: Was für eine übertriebene Klamotte! Man lacht nicht über Dicke! Aber die Realität ist manchmal eben schräger als jedes Drehbuch.

21:15 Uhr – Im Zug in der Pampa zwischen Osnabrück und Bremen

Anfang der neunziger Jahre, gerade hat der erste Golfkrieg begonnen, plante ich, zur Verleihung der «Goldenen Kamera» nach Berlin zu fliegen. Ich sollte den Preis zwar nicht bekommen, war aber eingeladen. In jenem Jahr war die Veranstaltung etwas kleiner, und nur rund 150 Menschen standen auf der Gästeliste. Extra für diesen Anlass hatte ich mir einen schicken Designeranzug gekauft – in einem dunklen Senfgelb.

Ich fand ihn schick. Todschick.

Während ich meine Koffer packte, las ich das Kleingedruckte auf der Einladung: «Schwarzer Anzug erwünscht».

Da ich keine Chance mehr hatte, mir auf die Schnelle etwas Passendes zu besorgen, blieb mir nur, die Veranstaltung entweder abzusagen oder in Senf dabei zu sein.

Ich entschied mich für die zweite Variante; es würde sicherlich niemand merken …

Senf ist schön, und die Farbe steht mir. Davon war ich überzeugt, auch wenn das andere Menschen nicht so sahen.

Ich hatte mich mit Hans-Peter verabredet, um mit ihm gemeinsam nach Berlin zu fliegen. Für ihn ist senffarben einfach gelb, und gelb ist weder schön noch sonst was. Gelb ist was für Kanarienvögel, was so gesehen stimmt, aber trotzdem zu einem völlig überflüssigen Disput zwischen uns beiden führte – ohne Ergebnis. Man kann eben nicht alles ausdiskutieren. Schon gar nicht gelbe Anzüge.
Kurz vor der Landung in Berlin schreckte uns plötzlich ein lauter Knall, gefolgt von einem grellen orangefarbenen Blitz, auf. Durch das Fenster sahen wir eine Stichflamme aus der linken Tragfläche herausschießen. Wir sagten nichts mehr, sondern dachten intensiv über ein möglicherweise viel zu kurzes Leben nach.
Nach einer krachenden Halbnotlandung ohne die obligatorische Ansage «Willkommen in Berlin» wurden wir von den Stewardessen wortlos und hektisch aus der Maschine gescheucht.

Für mich gab es nun gar keinen Grund mehr, einen schwarzen Anzug zu tragen. Ich musste nicht trauern; ich durfte fröhlich sein, und das wollte ich auch zeigen.
An diesem Abend war ich nicht zu übersehen. Zwischen vielen Schwarzgrauen leuchtete mein senfgelber Anzug. Und ich hatte überhaupt kein Problem damit.

Jetzt hole ich mir noch ein Bier auf Kosten der Bahn und gehe in mein Abteil zurück. Den immer noch tief schlafenden Japaner, über den ich auf dem Weg steigen muss, scheint nicht zu interessieren, was hier seit Stunden los ist. Ich aber denke mit Wehmut an Hamburg. Wie gern würde ich jetzt entspannt bei einem Glas Rotwein in einem schönen Restaurant mit Herrn Endruweit über die Szene in der Autovermietung in *Amore und so'n Quatsch* diskutieren!

Carla und Max sind schon unterwegs nach Italien, als Marion zu Hause in Kalabrien bei Antonio ankommt. Die beiden wollen verhindern, dass Marion und Antonio zusammenkommen - und treffen auf den Immobilienmakler, der die Wohnung in Berlin sowohl an Marion und Max verkauft hat ...

<u>BILD 74. Bahnhof Taranto: Autovermietung</u>

Max und Carla sind ziemlich übernächtigt am Bahnhof Taranto angekommen und stehen vor dem Schalter der Autovermietung. Carla redet mit großen Gesten auf den Angestellten hinter dem Tresen ein.

Carla: Cosà vol' dire? C'e un'altra prenotazione?

Dann wendet sie sich an Max, der hinter ihr steht.

Carla: Max, du wirst nicht glauben, unserer Auto ist doppelt vermietet!

BILD 76. Parkplatz Autovermietung

Max und Carla gehen in Richtung Parkplatz, wo die Mietwagen ihrer Autovermietung stehen.

Max: Und wo ist jetzt dieser Herr Hoffmann, der den Autoschlüssel für «unser» Auto hat? Na, hoffentlich ist Herr Hoffmann noch nicht damit weggefahren!

Carla sieht einen attraktiven Herrn neben dem Auto stehen, das doppelt vermietet ist. Sie bedeutet Max zu warten und schiebt ihre Brille auf die Stirn.

Carla: Lass mich mal, ich mach' das schon ...

Carla stolziert auf den Mann zu, der gerade in den Wagen steigt. Was Carla nicht erkennt: Bei dem Mann handelt es sich um den kriminellen Immobilienmakler Wolfgang Scharper, dessen Erscheinung mit dem Foto von der Verkehrsüberwachung nicht mehr viel gemein hat.

Carla: Herr Offmann? Herr Offmann?

Wolfgang Scharper: Äh, ja bitte?!

Carla: Da issa mir doch der Ober-, Ober-, Ober-Klops passiert - vielleicht könne Sie mir bei meine Problem ein wenig unter die Arme greifen?

Wolfgang Scharper versucht nun, auch seinen ganzen Charme zu an den Tag zu legen. Unauffällig zieht er seinen Ehering ab und steigt aus dem Wagen.

Wolfgang Scharper: Ja, junge Frau, nichts täte ich lieber, als Ihnen mal unter die Arme zu greifen ...

Carla: Dieser Wagen ist doppelt vermietet, an Sie, lieber Herr Hoffmann und an mich.

Wolfgang Scharper: Na, wenn det mal kein Zeichen ist ...!

Carla: Ich muss dringend nach St. Antonio Calabrese.

Wolfgang Scharper: So, ab jetzt is et kein Zufall mehr, jetzt is et Schicksal - da wohn' ich nämlich.

Wolfgang Scharper geht um das Auto herum, öffnet galant die Beifahrertür. Carla setzt sich und zieht dabei ihren Rock etwas zu weit nach oben. Wolfgang Scharper spurtet förmlich wieder um das Auto herum, nimmt hinter dem Steuer Platz und startet den Wagen.

Carla: Ach, err je, jetzt hätte ich dock fast vergesse, da steht noch ein ganz entfernte Verwandte schwule Cousin von mir - könne wir auch mitnehmen ihn? Stört uns bestimmt nicht.

Wolfgang Scharper schaut etwas betreten, aber dieser schönen Frau kann er nichts abschlagen. Er hält wieder an. Allerdings gibt es da ein kleines Problem: Der Wagen hat im Fond nur einen Notsitz.

21:35 Uhr – Im Zug, in der Pampa zwischen Osnabrück und Bremen

Ich rufe jetzt RTL an. Die kommen bestimmt schneller als die Feuerwehr», brüllt plötzlich ein Mann auf dem Gang. Dasselbe denke ich auch, und wenn der junge Soldat mit seiner Videokamera schöne Bilder gemacht hat, kann er das Filmchen sicher an einen Sender verkaufen. Ich trinke mein Bier aus und gehe nochmal schnell zur Freilufttoilette.

22:08 Uhr – Im Zug in der Pampa zwischen Osnabrück und Bremen

Die Feuerwehr wird mit lautem Jubel begrüßt, als sie sich mit Taschenlampen ihren Weg durch den Wald und den tiefen Schnee Richtung Zug bahnt.

«Hier sind wir! Hilfe!», brüllt eine Frau. Nebenan wird das Baby wieder wach.

«Bringt Bier mit, mindestens zwei Kästen, sonst ist das hier nicht auszuhalten!», dröhnt es von hinten.

«Ja, das Freibier ist alle», höre ich Renate schreien.

Dann warten wir froh und gespannt.

Die Rettungskräfte werden ihren Job so schnell wie möglich erledigen, den umgestürzten Baum von den Schienen entfernen, damit wir endlich weiterfahren können. Schließlich sind wir in Deutschland und nicht in Italien. Nichts gegen italienische Rettungskräfte, aber die deutschen flößen mir einfach mehr Vertrauen ein. Mir bringt das zwar jetzt nichts mehr, ich habe meinen Termin in Hamburg sowieso verpasst, aber vielleicht schaffe ich es wenigstens noch rechtzeitig zu einem Absacker mit Herrn Endruweit.

So oder so freue ich mich auf mein gebuchtes, hoffentlich gemütliches und bereits bezahltes Hotelbett. Um mir die Wartezeit zu vertreiben, mache ich mal wieder einen Spaziergang durch den Zug. Im letzten Waggon bemerke ich eine Schlange vor einer Toilettentür. Das Schloss ist aufgebrochen, und von drinnen hört man einen Mann sprechen. Ich erfahre, dass man aus unerfindlichen Gründen dort drinnen Handy-Empfang hat. Es stehen nur fünf Leute vor mir, also reihe ich mich in die Telefonschlange ein. Jetzt ist eine ältere Frau dran. Bruchstückhaft höre ich, wie sie das Geschehen detailliert schildert: «Schneesturm, Baum auf den Schienen, Freibier, Geburt, Freilufttoilette, Feuerwehr und sogar eine Polonaise ...!»
Es dauert und dauert. Und kein Ende ist abzusehen, denn jeder muss die gleiche, lange Geschichte nochmal von vorne erzählen ...
Während ich warte, tippe ich schon mal die Ereignisse der letzten Stunden als SMS in mein Handy. Das glaubt mir sowieso keiner, denke ich. Nach einer endlos langen halben Stunde bin ich endlich dran und kann in der sendefähigen Zugtoilette meine Nachricht abschicken – gleichzeitig an Herrn Endruweit in Hamburg und nach Hause.

Eine ganz ähnliche Zugtoilette spielt auch eine wichtige Rolle in *Ein Mann, ein Fjord*.

Norbert tarnt sich als Putzmann, weil er kein Geld für eine Zugfahrkarte hat. Mit seiner Tochter Ute begegnet er in einem dänischen Zug einem Kontrolleur.

BILD 36. Dänischer Zug

Durchsage in Dänisch. Ute sitzt auf ihrem Platz und lauscht der Musik aus dem Walkman. Norbert putzt Fenster. Abrupt lässt er die Arme sacken und lässt sich in seinen Sitz fallen. Ute reißt sich die Kopfhörer von den Ohren und wendet sich ihrem Vater sorgenvoll zu.

Ute: Was ist, Papa? Ist dir schlecht?

Norbert: Ich kann nicht mehr, mir tun die Arme weh.

Da betritt ein dänischer Schaffner den Korridor.

Schaffner: (auf Dänisch) Billetkontrol!

Norbert macht sich sofort wieder an die Arbeit. Aufgeregt reibt er das Tuch über die Scheiben. Der Schaffner kontrolliert Utes Ticket. Diese wirft ihrem Vater einen strafenden Blick zu. Der Schaffner schaut auf das Ticket und beäugt Ute kritisch.

Der Schaffner verlässt das Abteil wieder.

Ute: (belustigt) Die denken echt alle, du gehörst dazu.

Der Schaffner kommt zurück und wendet sich Norbert zu.

Schaffner: (auf Dänisch) Toilettet skal gøres rent. Kom med! Kom så med mig nu!

Norbert erstarrt. Ute sieht ihn an.

Der Schaffner bleibt vor einer Tür stehen. Norbert und Ute, die in einigem Abstand folgt, rechnen mit dem Schlimmsten.

Der Schaffner öffnet die Tür, es ist das Klo. Er macht eine Putzbewegung.

Schaffner: (auf Dänisch) Se nu her. Se så at få der gjort rent ...

Ute und Norbert sehen sich erleichtert an.

Schaffner: (auf Deutsch, mit dänischem Akzent) ... Ihr beiden Schwarzfahrer.

22:26 Uhr – Im Zug, in der Pampa zwischen Osnabrück und Bremen

Meine Damen und Herren, leider können wir nicht weiter nach Bremen fahren, denn die Schienen wurden durch den umgestürzten Baum beschädigt. Wir fahren jetzt zurück nach Osnabrück.»

Alles, was die vertraute Raucherstimme aus dem Lautsprecher danach noch sagt, geht im wütenden Aufschrei der Passagiere unter.
Zurück? Das gibt's doch nicht. Ich glaube es nicht!
Nach fast fünf Stunden Warterei fahren wir nicht weiter, sondern kehren nach Osnabrück zurück?! Das hätten wir auch früher haben können! Unser Abteil ist in heller Aufregung.
«Das hat ja sogar nach dem Krieg besser geklappt, als wir aus Ostpreußen kamen», empört sich die Omma und kriegt wieder einen Hustenanfall, als ob ihr letztes Stündlein geschlagen hätte.
«Der französische TGV ist noch nie im Schnee stecken geblieben», wirft die Belgierin genervt ein.

«Das nächste Mal fahre ich mit dem Schiff», grinst der immer noch gutgelaunte Hamburger. Der Versicherungsvertreter grunzt nur einmal im Schlaf und dreht seinen Kopf wieder Richtung Scheibe, während sich der Zug langsam in Bewegung setzt.

Ich kann es nicht fassen und sinke resigniert in mich zusammen: Ich bin gefangen in einem deutschen Zug und sitze auch noch mit dem Rücken zur Fahrtrichtung ... Zum Glück habe ich kein Olivenöl getrunken.

Nach knapp fünf Minuten schrecken wir alle hoch: Plötzlich piepsen überall die Handys los. Eine Kakophonie verschiedener Klingeltöne ertönt und wird schlagartig abgelöst von jeder Menge Stimmen, die aufgeregt in ihre Mobiltelefone sprechen.

Als hätte sich ein moderner Komponist ein Werk für Chor und Handys ausgedacht ...

Beim falschen Pastewka piepst eine SMS. Noch bevor er sie lesen kann, piepst es weiter – viermal hintereinander. Vier SMS. Von seiner Frau, genau, wie er befürchtet hatte. Als er schließlich versucht, sie anzurufen, gibt er schnell frustriert auf. «Die Mailbox», sagt er entschuldigend in die Runde.

Wir nicken verständnisvoll.

«Du bist keine Asch», sagt die Belgierin mitfühlend.

Der Zug fährt langsam weiter rückwärts Richtung Osnabrück. Falsche Richtung, falscher Pastewka, falsche Französin – das erinnert mich an mein Rezept für Falschen Hasen, Polpettone, das ich bald mal wieder kochen könnte – wenn dieser Albtraum hier jemals endet.

23:10 Uhr – Im Zug, Osnabrück Hauptbahnhof

Meine Damen und Herren, wir müssen in Osnabrück den Zug wechseln. Der neue Zug steht auf Gleis 15 für Sie bereit», hören wir die jetzt müde und mechanisch klingende Stimme des Zugbegleiters.

Unser ICE fährt auf Gleis 3 ein. Sobald sich die Türen öffnen, beginnt ein wildes Schieben und Drängeln. Alle wollen schnell zu Gleis 15, um im neuen Zug einen guten Platz zu bekommen.
Mir kommt es vor, als wären wir auf der Flucht vor einer schrecklichen Katastrophe. Alle rennen durcheinander, drängeln rücksichtslos weiter und benehmen sich, als würde jeden Moment die Welt untergehen.
In diesem Chaos verliere ich meine neugewonnene Abteil-Gemeinschaft aus den Augen. Hoffentlich ist der schlafende Japaner rechtzeitig aufgewacht, denke ich noch, bevor auch ich mich ins Getümmel stürze.
Opas und Omas wuchten ihre riesigen Koffer aus dem Zug, schreiende Kinder werden von ihren genervten Eltern

aufgefordert, schneller zu laufen. Die inzwischen völlig betrunkenen Soldaten filmen die Szene, die ihr Werk zu einem Katastrophenfilm erster Güte machen könnte. Dann begeben sie sich vermutlich wieder zurück in ihre Kaserne in Osnabrück.

Die Karnevalisten sind inzwischen ganz still und müde, keine Spur mehr von ausgelassener Feierstimmung – wahrscheinlich greift jetzt so langsam der Kater ...

Dahinter schnauft der dicke Adam mit seinem knallroten, quietschenden Rollkoffer über den überfüllten Bahnsteig und stößt fast mit den Rettungssanitätern zusammen, die ihm entgegenkommen, um die Frau mit dem neugeborenen Baby ins Krankenhaus abzutransportieren. Was wird wohl später als Geburtsort im Ausweis des Jungen stehen: Pampa?

Da, Gleis 15! Geschafft!

Es ist inzwischen fast Mitternacht. Diesmal suche ich mir einen Platz im Großraumabteil – natürlich in Fahrtrichtung. Kaum lasse ich mich erleichtert auf einen freien Sitz fallen, setzt sich der Zug auch schon in Bewegung. Wir fahren allerdings nicht über Bremen, sondern über Hannover nach Hamburg.

«Für Fahrgäste, die nach Bremen reisen, stehen in Hannover Busse bereit», verkündet stolz eine neue Stimme aus dem Lautsprecher. Jemand pfeift irgendwo einen Schlager. Unwillkürlich fange ich an mitzusummen, als plötzlich ein Chor anschwillt.

Jetzt singt das ganze Abteil aus voller Kehle: «Es fährt ein Zug nach nirgendwo ...»

00:57 Uhr – Im Zug, kurz vor Minden

Der Zug fährt nun Richtung Hannover durch die nächtliche Winterlandschaft. In der Ferne kann ich schon die Lichter von Minden sehen. Im Abteil ist es jetzt sehr ruhig. Alle sind erschöpft und freuen sich nur noch auf die Ankunft. In die Stille hinein fängt plötzlich mein Magen an zu knurren. Ich habe heute nur gefrühstückt und während der Fahrt Wasser, Kaffee und ein paar Bierchen getrunken. Das Essen habe ich in dem ganzen Trubel völlig vergessen, abgesehen von den trockenen Bio-Keksen. Ich hätte jetzt Lust auf Pollo alla cacciatora, Hühnchen nach Jägerart, auf Fregola con Vongole, Pizza Fantasia oder Melanzane alla Parmiggiana. Im Geiste gehe ich die Rezepte durch, die ich noch unbedingt aufschreiben muss.

Mmh, mir läuft das Wasser im Mund zusammen, wenn ich daran denke. Dafür, dass ich aus meinen Träumen gerissen werde und wieder hungrig im Zug lande, sorgt die wohlbekannte Raucherstimme des Zugbegleiters, die aus dem Lautsprecher erklingt: «Meine Damen und Herren, es tut mir leid, was ich Ihnen jetzt mitteilen muss. Aber das ist wirklich nicht meine Schuld. Die Zentrale in Hannover hat uns angewiesen, wieder zurück nach Osnabrück zu fahren und von dort direkt über Bremen nach Hamburg. Sorry.»

Klick.

Aus.

Der Adrenalinstoß ist reines Dynamit. Der Zug explodiert. Von Müdigkeit keine Spur mehr. Jetzt sind alle nur noch sauer, und alle schreien durcheinander. Ich stelle mir vor, wie draußen, kilometerweit entfernt, ein Förster mit seinem Hund auf einen Hirsch ansitzt. Plötzlich spitzt der Hund die Ohren. Der Hirsch hebt das Geweih. Die Tiere lauschen. Und jetzt hört es auch der Förster: geballte Wut in einem Zug, der durch die Stille heranbraust. Der Hirsch rennt los, der Förster flucht leise. So haben wir wenigstens einem stolzen Tier das Leben gerettet …

Plötzlich wird mir schlagartig klar: Ich muss jetzt wieder rückwärtsfahren! Gleichzeitig beginnt das schrillste Handykonzert aller Zeiten – ein gordischer Knoten aus verzweifelten Kommunikationsversuchen, unmöglich zu lösen, geschweige denn zu verstehen.

«Hallo, Manfred! Schatz, wo bist du? Was, schon kurz vor Hannover?»

«Nein, das ist keine Zugentführung. Die Leute brüllen nur so, weil wir zurückfahren!»

«Nein, es ist nicht meine Schuld, aber die fahren uns wieder nach Osnabrück!»

«Ich dich auch!»

«Nein, wie soll ich denn jetzt noch einkaufen?»

«Ja, ich habe nur gehört, dass die Deutsche Bahn so auf die Schnelle keine Busse nach Bremen organisieren konnte!»
«Sag mal – können wir die Bahn verklagen? Das grenzt an Körperverletzung hier …»
«Ich mach die fertig! Das werden die bereuen! Nicht mit mir! Mit mir nicht!»
«Was? Mit einer Bahncard wär das nicht passiert?! Soll das ein Witz sein?»

Soll das ein Witz sein? Diese Frage hatten sich Achim Hagemann, Hans-Peter und ich auch schon mal gestellt, und wir können sie noch heute nicht beantworten.

Wir hatten in einem heißen Sommer von einer Werbeagentur das Angebot bekommen, für die besten Angestellten einer großen deutschen Firma einen Abend in einem Ferienclub in Antalya zu moderieren.
So was kann man nicht ablehnen, wenn man nicht komplett bescheuert ist.
Das Techniker-Team aus Deutschland war schon seit ein paar Tagen vor Ort, um alles vorzubereiten. Auf uns warteten zwei Tage Arbeit und fünf Tage Urlaub in einem 5-Sterne-Hotel. Direkt nach der Landung empfing uns der Fahrer, der uns ins Hotel bringen sollte, mit einem Schild, auf dem unsere Namen standen, am Flughafen. Er machte keinen besonders vertrauenerweckenden Eindruck mit seiner kurzen Hose, seinem durchgeschwitzten T-Shirt, ungekämmten Haaren und einem riesigen Joint zwischen den Lippen. Lässig fragte er uns, ob wir auch mal ziehen wollten. Wir sahen uns kurz an und waren uns schnell

einig: «Mit dem Mann fahren wir auf keinen Fall, wir suchen uns ein Taxi, um ins Hotel zu kommen.»
Doch im selben Moment waren wir schon von fünf Polizisten umzingelt, die wild mit ihren Maschinengewehren herumfuchtelten. Wir hatten keine Ahnung, was mit uns geschah; unsere Pässe wurden konfisziert, und innerhalb von Sekunden landeten wir auf der Flughafenwache, wo man uns in gebrochenem Englisch aufklärte: «You arrested! Because of drugs!» Die Polizei in Wiesbaden hätte einen internationalen Haftbefehl gegen uns erlassen, und zwar wegen Heroinschmuggels zwischen Italien, Deutschland und der Türkei. Wir waren völlig geschockt und verängstigt – bis auf Achim, der die Sache irgendwie nicht so richtig ernst nahm. Wir schon. Unsere vorsichtigen Versuche, uns zu rechtfertigen und das Missverständnis aufzuklären, waren erfolglos, und Achims freches Grinsen steigerte die bedrohliche Spannung zwischen uns und den Polizisten, die uns noch immer mit ihren durchgeladenen Maschinenpistolen in Schach hielten. Wir mussten unsere Koffer öffnen und den Inhalt Stück für Stück zeigen. Wurden bei solchen Untersuchungen Unschuldigen nicht gerne mal Drogen untergeschoben? Das machte mich nur noch aufmerksamer, und ich passte genau auf, dass so etwas hier nicht passierte. So hatten die unzähligen Filmabende der Vergangenheit endlich mal einen praktischen Nutzen.
«Das kann doch nur ein schlechter Scherz sein», sagte ich leise auf Italienisch zu Hans-Peter, «gleich kommt Frank Elstner und schreit: ‹Versteckte Kamera!›»
Wir mussten unwillkürlich grinsen, doch als ich in die

Augen eines jungen Polizisten blickte, wurde der tröstliche Gedanke sofort im Keim erstickt. Der Mann war so wenig Frank Elstner wie Max Schmeling eine Primaballerina. Der Beamte sah uns grimmig an, nahm eine Patrone, steckte sie demonstrativ in seine Waffe und lud sie wieder durch. Damit bedeutete er uns, zu schweigen. Das bloße Zücken der Knarre hätte eigentlich schon gereicht, aber das Laden wirkte noch dramatischer. Auch türkische Polizisten kennen amerikanische Actionfilme. Achim hingegen nicht; sein freches Grinsen ließ er sich einfach nicht verbieten.

Ich grinste nicht, sondern saß ziemlich verspannt in dem heißen, stickigen Untersuchungsraum.

Dann kam Hans-Peters große Stunde. Gänzlich unerschrocken stand er auf und erhob das Wort: «Ich möchte auf der Stelle den deutschen Botschafter sprechen!»

«Und den italienischen auch!», rutschte es mir aus dem trockenen Mund.

Der Beamte brummte irgendetwas auf Türkisch und verließ den Raum.

Eine Bedrohung weniger. Man muss solchen Situationen auch immer etwas Positives abgewinnen.

Mittlerweile saßen wir schon seit über einer Stunde in diesem Albtraum fest und fühlten uns völlig ausgeliefert. Langsam steigerte sich unsere Panik, auch wenn wir uns unserer Unschuld bewusst waren.

Nach weiteren endlosen Minuten ging plötzlich die Tür auf, und ein kräftiger Mann, unrasiert, in geblümtem Hawaiihemd, weißen Bermudashorts und Segelschuhen, eine Fluppe (Lord Extra, was überhaupt nicht zu ihm passte) lässig im Mund, betrat den Raum. «I am the German consul in Antalya», sagte er laut und schüttelte uns die Hand. Im ersten Moment waren wir alle, auch Achim, sehr erleichtert, doch bei der Begrüßung bemerkte ich die durchdringende Alkoholfahne des Hawaiihemdträgers. Dieser Mann sollte uns helfen? Lord Extra ergriff sofort wieder das Wort: «Ich habe mit den türkischen Behörden vereinbart, dass Sie das Wochenende nicht im Knast verbringen müssen, sondern unter Hausarrest im Hotel warten können, bis Ihnen am Montag im Schnellverfahren der Prozess gemacht wird.»

Uns war längst alles egal. Bloß raus hier. Wir stiegen zu dem schmuddeligen Konsul und seinem Fahrer ins Auto, und schon brausten wir durch die schwüle türkische Nacht. Die rasende Fahrt ging über kleine Straßen, staubige Wege und durch unbeleuchtete Dörfer. Mindestens zwei Stunden lang wurden wir kreuz und quer durch eine dunkle Gegend geschaukelt. Die Orientierung hatten wir längst verloren und saßen verängstigt und schweigend auf der Rückbank. Mir gingen Bilder aus dem Film *Midnight Express* durch den Kopf, und ich hoffte, dass wir bald aus diesem Albtraum erwachen würden und nicht noch etwas Schlimmeres passierte. Unterwegs erklärte uns der Konsul die strengen Regeln für unseren Hausarrest: «Sie dürfen im Hotel mit niemandem reden, weder mit dem Personal noch mit Ihren deutschen Technikern, und auch per Telefon dürfen Sie keinen Kontakt zur Außenwelt aufnehmen – sonst müssen Sie doch noch ins Gefängnis. Am Montag wird man Sie dann nach Istanbul zum Prozess bringen.

Ich empfehle Ihnen dringend, ruhig zu bleiben! Auch wenn die Anklage sehr schwerwiegend ist, wird sich vor Gericht sicher alles aufklären lassen.»

Auf uns wirkten seine Worte allerdings alles andere als beruhigend. Wenn Alkoholfahnen mitschwingen, wirkt nichts beruhigend, außer dem Wunsch, sich auch zu betrinken, um wenigstens eine Zeit lang alles vergessen zu können. Aber nüchtern betrachtet, war selbst die Aussicht auf einen gepflegten Rausch so aussichtslos wie der Besuch einer katholischen Kirche in Istanbul. Das sah Achim langsam auch so; sein freches Grinsen war schon vor einiger Zeit von seinem Gesicht gewichen.

Nach einer halben Ewigkeit tauchten vor unseren Augen die Lichter von Antalya auf, und schließlich erreichten wir endlich das Hotel.

Gleich am Eingang erwarteten uns schon unsere Techniker – fröhlich winkend und lachend, mit einer eisgekühlten Flasche Champagner in der Hand. Gleich beim Verlassen des Autos teilten wir ihnen leise, aber bestimmt mit, dass wir nicht mit ihnen sprechen durften: «Wir sind gerade am Flughafen verhaftet worden!»

Doch sie ließen sich nicht beirren und redeten weiter laut und aufgekratzt auf uns ein. Jetzt platzte mir der Kragen. Meine ganze Angst und die aufgestaute Wut der letzten schrecklichen Stunden entluden sich: «Haltet sofort die Klappe! Das ist kein Spaß! Lasst uns einfach in Ruhe, sonst bekommt ihr auch noch Ärger!»

Eine Sekunde lang herrschte gespannte Ruhe, bevor einer von ihnen einen Lachanfall bekam und rausplatzte:

«Boah, ihr habt ja überhaupt keinen Humor! Das war doch alles nur ein Scherz ...» Wir waren fassungslos. Wie vom Blitz getroffen, ließen wir unser Gepäck fallen und blickten den Techniker entgeistert an. Immer noch gutgelaunt fuhr er fort: «Na, klar, das haben wir alles für euch zur Begrüßung organisiert. Der Polizeichef war eingeweiht, und der angebliche Konsul ist einer von uns. Und das Beste: Wir haben alles auf Audiokassette aufnehmen lassen!»

Erneutes Gelächter folgte.

Wir waren sprachlos. Dieser Albtraum sollte nur ein sehr schlechter, brutaler Scherz unserer eigenen Techniker gewesen sein? Mein wütender Aufschrei erstickte ihr Lachen: «Ihr Altehackfress! Wie könnt ihr so etwas tun?!»

Ohne ein weiteres Wort schnappten wir unser Gepäck, den eisgekühlten Champagner und stürmten direkt aufs Zimmer.

Später erfuhren wir, dass zwar der Polizeichef in die ganze Aktion eingeweiht war, aber seine Polizisten, die uns mit ihren Maschinenpistolen bedroht hatten, von nichts wussten und uns bis zum Schluss für gefährliche Drogendealer hielten.

Ich mag gar nicht daran denken, was hätte passieren können, wenn wir uns nicht so ruhig verhalten hätten. Das gilt vor allem für Achim, den frechen Grinser.

Bis heute kann ich nicht nachvollziehen, wie man auf so einen schlechten Scherz kommen kann. Als Rechtfertigung erzählte man uns, wir würden ja auch ständig andere auf die Schippe nehmen, und es wäre Zeit, dass uns mal dasselbe geschähe – aber der große Unterschied ist, dass wir in unseren Sendungen niemals jemanden in Panik versetzt, blamiert oder in Gefahr gebracht haben.

Nach einer Dusche, einer Meditationsstunde und einer sehr schnell geleerten Champagnerflasche fühlten wir uns endlich wieder in der Lage, das Zimmer zu verlassen. Allein machten wir uns auf den Weg in ein kleines türkisches Restaurant. Der Kellner freute sich, als er uns Italienisch sprechen hörte, servierte ein köstliches Menü und gab uns auch gleich noch ein paar schöne Ausflugstipps. Wir entspannten uns langsam und versuchten, den Abend in Freiheit zu genießen. Der Albtraum war vorbei. Als wir schließlich zahlten, beugte sich der Kellner verschwörerisch zu uns hinunter und flüsterte: «Wollt ihr Drogen kaufen? Ich hab da ein paar Freunde, die können alles organisieren …»
Ohne ein weiteres Wort warfen wir das Geld auf den Tisch und verließen fluchtartig das Lokal.

2:40 Uhr – Im Zug
Osnabrück Hauptbahnhof

Wir kommen jetzt zum dritten Mal in Osnabrück an. Wieder müssen wir den Zug wechseln. Jetzt haben wir schon Routine, alles läuft wie geschmiert, ohne Schubsen und Drängeln, man hilft sich sogar gegenseitig. Eine verschworene Truppe, die gemeinsam durch dick und dünn gegangen ist, in der transsibirischen Eisenbahn, mit der ich seit rund zwölf Stunden unterwegs durch die Tundra bin. Hamburg erscheint mir in diesem Moment so weit entfernt wie Nowosibirsk.

Die Bahn hat ein paar kleine Stände organisiert, an denen kostenlos Getränke und Kekse an die Reisenden verteilt werden. Ich steige in den neuen Zug auf Gleis 3 ein und stolpere als Erstes über den schlafenden Japaner, der dort auf dem Gang liegt.

Es ist kein neuer Zug, sondern unser alter.

Wir sind nicht die Herren über unser Schicksal. Unsere Geschicke lenkt die Bahn. Aber über diesen japanischen Touristen hat sie keine Macht. Wusste er mehr als wir? Ich will endlich ankommen – so wie Norbert Krabbe!

BILD 151. Norbert-Krabbe-Fjord Polizeiboot

Ortswechsel. Am Ziel der Träume.
Ein Polizeiboot in rasanter Fahrt. Norbert, Ute und die beiden Polizisten nähern sich dem Fjord.

Polizist: Das ist er!
Norbert: Wer?
Polizist: Der «Norbert-Krabbe-Fjord».

BILD 152. Norbert-Krabbe-Fjord Blockhaus

Norbert und Ute stehen nun vor ihrem Blockhaus. Das Polizeiboot entfernt sich wieder. An der Tür hängt ein handgeschriebener Zettel «Velkom here, Krabbe». Norbert holt feierlich den Schlüssel aus der Tasche und steckt ihn langsam in das Schlüsselloch. Die Tür öffnet sich quietschend, da ertönt ein seltsames Geräusch über ihnen.

Birgit: Norbert! N-O-R-B-E-R-T!

Er dreht sich um, sieht nichts. Plötzlich fällt eine Strickleiter in sein Blickfeld. Norbert schaut nach oben: Birgit winkt ihnen aus einem Heißluftballon mit Canicalm-Werbung zu.

Norbert: (flüstert) Birgit!

Ute: Mama!

Norbert: Birgit! Birgit ... Ich liebe dich!

Birgit: Ich dich auch ...Hör ma, wir müssen sofort zurück! Nach Grevenbroich!

Norbert: Nach Grevenbroich? Nee du, also wirklich nicht!

Ute: Wir sind doch grade erst angekommen!

Birgit: Du hast wieder gewonnen, Norbert. Wir müssen das Geld abholen!

Sie schwenkt den 500 000-Euro-Gewinnschein. Norbert zögert. Birgit klettert in einer halsbrecherischen Aktion die Strickleiter hinunter. Norbert erreicht sie und will ihr beim Absteigen helfen, sie jedoch versucht ihn nach oben zu ziehen. Er hängt nun an der Strickleiter. Im Ballonkorb erkennen wir jetzt Schlittenhund Ute, die sich bellend nach unten beugt. Birgit will ihn weiter nach oben ziehen. Er will sie herunterziehen. Sie stürzt aus dem Ballon.

04:20 Uhr – Im Zug, Bremen Hauptbahnhof

Endlich! Bremen!
Erschöpfte Menschen haben ihr Ziel erreicht und verlassen den Zug. Auf dem Bahnsteig beobachte ich, wie die Frau, die vor mir gesessen hat, ihrem Manfred glücklich um den Hals fällt.
Ach, ich liebe Happy Ends. Bei dem Kinofilm *Samba in Mettmann* habe ich sogar acht frischgetraute Paare aus der schönen Kirche auf den Marktplatz herauskommen lassen. Und auch *Amore* hat sein Happy End, und Marion findet ihr Glück mit Luca, dem glutäugigen Italiener.

BILD 103. Terrasse Villa Pfütze

Ein wunderschöner Sommerabend in San Antonio. Der Hafen ist beleuchtet, der Mond spiegelt sich im Meer. Auf der Terrasse der Villa Pfütze – vormals Villa Scharper – ist eine große Festtafel mit italienischen Spezialitäten und dem obligatorischen Aufseßer Leberkäse gedeckt. Darüber eine Lampionkette, die unregelmäßig an- und ausgeht, woran sich allerdings niemand stört. Carla, Max, Bettina, Immacolata, Onkel Luigi und Schwester Rigoberta sitzen gutgelaunt am Tisch und unterhalten sich angeregt. Durch die offene Terrassentüre sehen wir ins Haus: Papas Stehlampe, inzwischen repariert, blinkt synchron zur Lampionkette. Jetzt kommt Marion – strahlend schön – mit einer Schüssel dampfender Pasta auf die Terrasse. Wir hören die Klänge einer Trompete. «Ti amo» erfüllt die Nacht. Luca kommt aus dem Haus. Er geht an den Tisch und nimmt sich einen Teller mit Leberkäse ...

04:26 Uhr – Im Zug, Bremen Hauptbahnhof

Jetzt bin ich ganz kurz vor meinem eigenen Happy End. Von irgendwo höre ich Geigen, aber es ist nur das Lüftergeräusch meines Notebooks. Egal, für mich sind es sanfte Streicher, die meine baldige Ankunft in Hamburg ankündigen.

Endlich setzt sich der Zug wieder in Bewegung. Und bleibt sofort abrupt wieder stehen. Ich scheine es als Einziger bemerkt zu haben, denn meine Mitreisenden schnarchen erschöpft in ihren Sitzen. Mann, diese Reise nimmt einfach kein Ende!

Und der Zug steht immer noch! Bedrohlich knackt es in der Lautsprecheranlage. Ich kann den rasselnden Raucheratem unseres Zugleiters, bekannt von vielen schlechten Nachrichten der letzten Stunden, hören.

«DAS DARF DOCH NICHT WAHR SEIN!»

Der ganze Waggon schreckt hoch, und die Frau mir gegenüber sieht mich vorwurfsvoll an. Erst jetzt merke ich, dass ich den letzten Satz nicht gedacht, sondern herausgeschrien habe. Aufregung, Gemurmel, ärgerliches Knurren. Ich drücke mich tief in meinen Sitz. Dann ein Ruck. Der Zug fährt los! Und nimmt Fahrt auf. Oder halluziniere ich jetzt schon? Nein, tatsächlich, wir fahren! Erleichtert richte ich mich auf. Inzwischen habe ich den toten Punkt überwunden und kann nicht mehr schlafen.

Eine lächerliche Stunde später.
In mir macht sich ein Hochgefühl breit – so wie bei den Bergsteigern, wenn der Sauerstoff kurz vor dem Gipfel knapp wird.
Die obligatorische höfliche Ansage, dass wir Hamburg «mit leichter Verspätung in wenigen Minuten» erreichen, bleibt uns netterweise erspart. Gut so. Quietschend kommt der Zug im Hauptbahnhof zum Stehen. Vor dem Aussteigen wecke ich noch den Japaner. Er ist sofort hellwach und bedankt sich höflich.
Ich bin total kaputt. Draußen suche ich um diese Uhrzeit, zu der die Nachtschwärmer nach Hause und die Frühaufsteher zur Arbeit wollen, zunächst vergeblich nach einem Taxi. Als es mir endlich gelingt, eines heranzuwinken, und ich mein Fahrziel nenne, weigert sich der genervte Fahrer, mich dort hinzubringen.
«Das sind nur sechs Minuten zu Fuß! Wenn Sie unbedingt fahren wollen, kostet Sie das 20 Euro.»
Der Mann hat ein Problem.
Er weiß nicht, was ich hinter mir habe.
Er hatte keine Ahnung, welcher Vulkan da vor ihm steht.
Er fühlt sich überlegen.
Drei fatale Fehler.
Ich mache ihm in Nanosekunden klar, worum es geht.

«Sie werde vielleicht nie wieder mit de Taxi fahre, weder an de Lenkrad noch sonst wo, wenn Sie mich nicht auf die Stelle zu eine angemessene Preis genau da hinfahren, wo ich hinwill!»
Das Zucken in meinen Augen und die geballten Fäuste zeigen ihm, dass ich es ernst meine. Sehr ernst!
Und wie zur Bestätigung erkläre ich ihm noch, dass ich überhaupt keinen Humor habe.

Der Mann fährt los, ohne jeden weiteren Kommentar. Ich schweige ebenfalls und will nur noch in mein Hotel, wo seit mindestens sechs Stunden mein bezahltes Bett unbenutzt auf mich wartet. Auf dem Taxameter stehen am Ende 4 Euro 60. Ich gebe dem Fahrer fünf Euro; den Rest darf er behalten, denn ich bin nicht nachtragend.
Na ja, vielleicht ein bisschen.

Die letzte Hürde: der Nachtportier.
Vier Minuten später liege ich in den Federn.
Madonna! Es ist 6 Uhr morgens, und ich bin total erledigt.
Wegen dieses blöden Unfalls kann ich dieses schicke Hotelzimmer nur ein paar Stunden ausnutzen.
Kurz bevor ich endlich einschlafe, schießt mir plötzlich ein Gedanke durch den Kopf: War das gestern wirklich mein Tag? Oder ist mein Tag vielleicht erst heute?
Mein Handy piepst – nee, jetzt will ich nicht mehr. Morgen ist auch noch ein Tag ...
Mein Tag ... ganz sicher ...

P.S.

Trotz der Erfahrung mit der winterlichen Panne im Zug von Düsseldorf nach Hamburg bin ich auch danach der Deutschen Bahn treu geblieben.

Bis auf die üblichen kleineren Verspätungen ist das bisher auch immer gutgegangen. Doch als ich an einem heißen Sommernachmittag mit meinem fast fertigen Buchmanuskript im Notebook in den ICE von Berlin nach Düsseldorf steige, habe ich ein Déjà-vu …

In dem vollbesetzten Zug finde ich meinen reservierten Fensterplatz – zum Glück in Fahrtrichtung. Auf dem heruntergeklappten Tischchen vor mir schalte ich mein Notebook ein. Jetzt habe ich vier Stunden Zeit, meine Manuskripte noch einmal Korrektur zu lesen. Draußen sind es über 30 Grad, doch hier drinnen sitze ich wohltemperiert und kühl. Ich entspanne mich und mache es mir gemütlich. Erster Halt nach dem Hauptbahnhof ist Berlin-Spandau. Danach geht es ohne Stopp weiter bis Hannover – jedenfalls laut Fahrplan. Kaum hat sich der Zug wieder in Bewegung gesetzt, höre ich ein undefinierbares Geräusch, aber ich schaue nur kurz auf und lese weiter.

Nach ein paar Minuten spüre ich, dass der kühle Luftstrom am Fenster fehlt. Aus dem Lautsprecher ertönt die Stimme des Zugbegleiters.

«Meine Damen und Herren, leider ist unsere Klimaanlage ausgefallen. Aber wir arbeiten daran. Lädies und Schentelmän, ße aircondition is broken, but we work on it», erklingt es in tiefstem Sächsisch. Langsam rinnt der erste Schweißtropfen an meinem Rücken hinab. Mit dem DB-Fahrplan fächle ich mir Luft zu. Ich sehe mich um: Schräg vor mir ist ein junges Pärchen ganz in sich versunken. Sie hat ihre langen, schwarzgefärbten Haare zu einem Zopf zusammengebunden und kuschelt sich an ihren Freund, der in weiten Hip-Hop-Klamotten und cooler Wollmütze lässig in seinem Sitz hängt. Direkt neben mir sitzt ein untersetzter Mann in einem edlen, dunkelblauen Anzug, weißem Hemd und roter Krawatte. Auf seinem eingeschalteten Notebook kann ich lange Zahlenkolonnen erkennen – sicher ein Manager, der anderen Leuten sagt, wo es langgeht. Jetzt jedoch schaut er sich verwirrt um und blickt mich hilflos an. Er schwitzt.

Nach einer halben Stunde steht die Luft in unserem Abteil, und die anderen Fahrgäste und ich schnappen nach dem letzten Sauerstoff. Das Pärchen vor mir hat sich aus seiner engen Umarmung gelöst, und der junge Mann hat seine Wollmütze längst abgesetzt. Es ist zu heiß, um cool zu sein. Dem Manager neben mir läuft inzwischen der Schweiß in Strömen übers Gesicht. Er hat sein Jackett ausgezogen, seine Krawatte gelockert und scheint mit seinem Blick durchs Abteil nach einem Schuldigen zu suchen, den er jetzt zusammenstauchen kann. Doch da ist kein Verantwortlicher.

In unserem rollenden Metallkäfig sind es jetzt sicher weit über 30 Grad. Die Fenster sind in diesem Wunder der Technik leider nicht zu öffnen. Sehnsüchtig schauen wir nach draußen.

Dann wieder eine Ansage aus dem sächselnden Lautsprecher, diesmal ohne Höflichkeitsfloskeln: «Wir werden jetzt auf freier Strecke halten und die Türen öffnen, um Frischluft hereinzulassen. Bitte verlassen Sie den Zug nicht. We will nau stopp and open ße doors for fräsch ähr. Don't go out!»

Und schon rollt der ICE aus. Da sitze ich also wieder mitten in der Pampa – diesmal zwischen Spandau und Hannover.

Ich glaube es nicht.

Als die automatischen Türen sich öffnen, atmen wir durch, es zieht. Plötzlich hat das Wort «Zugluft» eine ganz neue Bedeutung für mich. Die defekte Klimaanlage wird jetzt heruntergefahren und nach einer Viertelstunde wieder angeschaltet – ohne Erfolg. In ihren Uniformen schwitzende Zugbegleiter gehen durch die Abteile und verteilen Wasserflaschen an die genervten Passagiere. Für Freibier ist es wohl noch zu früh.

Schließlich fliegen die Türen mit einem Rumms wieder zu, und der Zug setzt sich erneut in Bewegung. Endlich in Hannover angekommen, müssen wir alle aussteigen und auf den nächsten Zug Richtung Hamburg warten. In 90 Minuten soll cr kommen.

Ich schicke meiner Freundin Bibo eine SMS und schildere ihr kurz meine neueste Erfahrung mit der Bahn. Sie simst zurück: «Das gibt's nicht! Schreib alles auf! Bin gespannt auf die Fortsetzung!;-))»

Endlich fährt der nächste Zug ein – natürlich auch fast vollbesetzt. Nun versucht also die doppelte Menge Menschen, sich einen Platz zu erkämpfen. Reservierungen haben hier keine Gültigkeit mehr. In einer langen Karawane schlurfen wir mit unserem Gepäck durch die Gänge, und ich muss unwillkürlich an die Polonaise in einem anderen Zug denken – aber ohne Renate will wohl keiner mitmachen ...

Als der ICE sich schon in Bewegung setzt, habe ich mich bis zum 1.-Klasse-Abteil durchgekämpft. Das gönne ich mir seit meinem Zugerlebnis immer. Da ist tatsächlich ein Platz in Fahrtrichtung frei! Das habe ich mir jetzt verdient! Ich genieße den kleinen Luxus und klappe mein Notebook wieder auf. Endlich kann ich wieder durchatmen und in meine Geschichte abtauchen.

Ich bin völlig konzentriert, als ich nach einer guten halben Stunde plötzlich spüre, wie ein Schweißtropfen an meinem Rücken hinunterrinnt. Liegt es an meinen Erinnerungen an einen heißen Sommer in Italien? Nein, ich sitze in einem Zug zwischen Hannover und Bielefeld und schwitze tatsächlich!

Und schon knackt der Lautsprecher. Die unsichere Stimme eines neuen Zugbegleiters erklingt: «Meine Damen und Herren, wie Sie sicher schon bemerkt haben, ist unsere Klimaanlage defekt. Meine Kollegen und ich kommen jetzt zu Ihnen und verteilen kaltes Wasser. Der Zug fährt

auf jeden Fall weiter. Sorry für die Unannehmlichkeiten.»
Bevor ich platze, sage ich mir: Einatmen! Ausatmen!
Ich tröste mich mit dem Gedanken, dass wir wenigstens nicht nochmal in der Pampa stehen bleiben, auf irgendeinem Bahnhof auf einen neuen Zug warten müssen und nicht noch mehr als die bis jetzt angefallenen zwei Stunden Verspätung haben werden. Ich nehme also wieder meinen bewährten Fahrplanfächer zur Hand und versuche, mich mit der Lektüre über den eiskalten Winter vor einiger Zeit abzulenken. So stehe ich den Rest der Reise schwitzend durch.
Vielleicht sollte ich zukünftig doch mit dem Auto fahren – das hat nämlich eine Klimaanlage …
Da kommt eine SMS von einer anderen Freundin: «Gestern bei YouTube. Millionen Klicks. Video von abgedrehter Feiertruppe in Speisewagen. Da sehe ich dich in einer Polonaise. Kann das sein?»

P.P.S.

Lieber Herr Endruweit!

Diese Zeilen sind nur für Sie. Jetzt, nachdem mein Film nun doch noch gedreht wird – ein Produzent aus Berlin hat sich gemeldet –, möchte ich Ihnen sagen, dass ich wirklich versucht habe, Sie anzurufen.
Wenn wir uns noch einmal wegen eines neuen, anderen Projektes treffen wollen, dann schlage ich vor, dass Sie zu mir kommen.

Vielleicht mit dem Auto?

P.P.P.S.

Ich habe es ja versprochen: Hier nun also ein paar Rezepte, die nicht nur lecker klingen, sondern auch lecker sind.

Römertopf Bolognese

—

Für die Bolognese-Soße:
je 1 Zwiebel, 1 Karotte, 1 Sellerie
1 Dose Tomaten
300 Gramm Hackfleisch

Dazu:
500 Gramm Fusilli oder Maccaroni
250 Gramm Mozzarella
50 Gramm Parmesan
Etwas Olivenöl, Salz und Pfeffer

Die Zwiebel, die Karotte und den Sellerie in kleine Stücke schneiden und in einem Topf mit etwas Öl zusammen mit dem Hackfleisch goldbraun braten. Dann die Tomaten dazugeben und alles für mindestens 30 Minuten köcheln lassen.
Den Mozzarella in kleine Stücke schneiden und etwas Parmesan reiben.
Die Nudeln in Salzwasser al dente kochen und mit der fertigen Soße mischen.
Die eine Hälfte der Nudeln jetzt in den Römertopf geben, die Hälfte des Mozzarella und Parmesan darüberstreuen. Dann die zweite Schicht Nudeln, und Mozzarella und Parmesan darüberstreuen.
Deckel drauf, und das Ganze für 20 bis 30 Minuten im Backofen garen lassen.

Pollo alla cacciatora

–

Man nehme:

Ein ganzes, frisches *Hühnchen* und schneide es in kleine Stücke. Dazu in Streifen geschnittenen, frischen *Speck*, drei *Knoblauchzehen*, zwei mittelgroße *rote Zwiebeln*, *drei Paprika*, egal, welche Farbe, ein paar *Kapern*, *Rosmarin*, etwas *Salz* und – je nachdem, wie scharf man es mag – ein paar *Pepperoncini*. Alles zusammen wird in einer Pfanne mit *Olivenöl* gebraten. Beim Braten ab und zu etwas *Weißwein* dazugeben, damit es nicht zu trocken wird.

Melanzane alla Parmiggiana

–

Man nehme:

3 bis 4 mittelgroße Auberginen
1 Zwiebel
1 Bund Basilikum
500 Gramm Mozzarella
100 Gramm frischen Parmesan
1 große Dose Tomaten

Zuerst schneidet man die Auberginen in Scheiben, legt sie für eine gute halbe Stunde auf einem Geschirrhandtuch aus und bestreut sie mit grobem Salz, um den bitteren Geschmack herauszubekommen. Danach die Zwiebeln in kleine Stücke schneiden, in einem Topf mit etwas Olivenöl goldbraun anbraten, dann die Tomaten und die Basilikumblätter dazugeben. Die Soße muss mindestens 30 Minuten auf kleiner Flamme köcheln – je länger, desto besser. Den Mozzarella in kleine Stücke schneiden und den Parmesan reiben. Beides beiseitelegen. Den Backofen auf 150–180 Grad vorheizen. Das Salz von den Auberginen mit einem Tuch entfernen und in einer Pfanne mit reichlich Sonnenblumenöl frittieren. Abtropfen lassen. Auf ein Backblech etwas von der Tomatensoße verteilen, darauf eine Schicht Auberginen verteilen, darauf ein bisschen Mozzarella und Parmesan streuen. Dann nochmal die gleiche Prozedur, bis drei Schichten auf dem Backblech übereinanderliegen. Das Ganze in den heißen Ofen schieben und 30 Minuten backen.

Pizza Fantasia

—

Für den Teig:

400 Gramm Weißmehl
1 Päckchen frische Hefe
1 gehäuften Teelöffel Salz
1 halben Teelöffel Zucker
2 Esslöffel Olivenöl
180 Milliliter Wasser

Man wirft alles zusammen in eine Brotbackmaschine (falls vorhanden), und nach 90 Minuten ist der Teig fertig. Man teilt ihn in zwei Teile und rollt diese auf zwei Backblechen dünn aus.
Auf dem einen verteilt man eine große Dose *Tomaten*, 250 Gramm gehackten *Mozzarella* und 250 Gramm *geräucherten Lachs*. Während die erste Pizza bei 180 Grad im vorgeheizten Ofen circa 25 Minuten backt, bedeckt man den anderen Teigboden mit 250 Gramm gehacktem *Mozzarella*, 200 Gramm in hauchdünne Scheiben geschnittenen, rohen *Kartoffeln*, etwas *Ingwer* und etwas *Rosmarin*. Wenn die eine Pizza fertig ist, kommt die nächste in den Ofen. Und nach weiteren 25 Minuten lässt man sich den zweiten Gang schmecken.

Risotto con zucca rossa

–

Reis mit rotem Kürbis

Man nehme:

300 Gramm Kürbis
300 Gramm Risotto-Reis
1 Zwiebel
Blattpetersilie
20 Gramm Ingwer
50 Gramm Parmesan
Wer mag: etwas rotes Chili

Zwiebel und Petersilie hacken, in einem Topf mit dem Kürbis goldbraun anbraten. Reis dazugeben und ein paar Minuten garen.
Warmes Wasser dazugeben, sodass alles bedeckt ist. Für 20 bis 30 Minuten kochen lassen, ab und zu umrühren. Vor dem Servieren geriebenen Parmesan daraufgeben.

Fregola con Vongole
–
Nudeln mit Venusmuscheln

Man nehme:
300 Gramm Fregolanudeln
(alternativ auch Spaghetti oder Conchigliette)
300 Gramm Vongole
200 Gramm Seppiette
2 Knoblauchzehen
Petersilie
1 oder 2 Gläser Weißwein

Knoblauch und Petersilie schneiden und mit etwas Öl in einer großen Pfanne goldbraun braten. Den Wein dazugeben und etwa 15 Minuten kochen. Die Seppiette säubern, in Stücke schneiden und in die Soße geben. Nach 10 Minuten kommen auch die Vongole rein.
Nudeln in Salzwasser kochen und al dente in die Soßenpfanne geben. Alles sorgfältig umrühren und mit frischer Petersilie bestreuen.

Polpettone
–
Falscher Hase

Man nehme:

400 Gramm Hackfleisch
4 Eier
2 Knoblauchzehen
Petersilie
Parmesan
Etwas trockenes Brot (Brötchen oder Toast)
Muskatnuss
Paniermehl

Für die Soße:

250 Gramm junge Erbsen
1 Zwiebel
Karotte
Etwas Sellerie
2 Dosen Tomaten

Das Brot in der Milch einweichen. Zwei Eier kochen. Das Hackfleisch mit gehacktem Knoblauch und Petersilie, den zwei rohen Eiern, einem Hauch Muskatnuss, Salz und Pfeffer und dem eingeweichten Brot in einer Schlüssel zusammenkneten.
Wenn die Masse fertig ist, die zwei gekochten Eier hineinstecken und den ganzen ‹Falschen Hasen› in Paniermehl rollen.

Sellerie, Zwiebeln und Karotten in kleine Stücke schneiden und zusammen mit dem ‹Falschen Hasen› goldbraun braten. Ab und zu vorsichtig umdrehen. Dann die Dosentomaten dazugeben. Ab und zu Gemüsebrühe und warmes Wasser angießen.
Nach etwa 40 Minuten kommen auch die Erbsen in den Topf. Etwa 20 Minuten weiter kochen lassen.
Den ‹Falschen Hasen› aus dem Topf nehmen, in dicke Scheiben schneiden, auf eine große Platte legen und die Soße darübergießen.

Dank

Ich danke Hans-Peter für die Geduld, wenn ich mal wieder mit der deutschen Sprache hadere; Bibo, die das lesbar macht, was ich zu Papier bringe; Emanuela, die mich mit sanfter Gewalt zur Arbeit drängt; Heinz S., der meine zweite Persönlichkeit, den Blunagalli, zum Vorschein gebracht hat; Birgitt, die sich trotz herausfordernder Artikulation dennoch verständlich gemacht hat – und allen Autoren, mit denen ich gemeinsam Drehbücher und Fernsehsendungen geschrieben habe, für die schöne Zusammenarbeit. Mit einer Ausnahme.

Rechtehinweis